江戸の詩歌と小説を知る本

鈴木健一［編］

笠間書院

江戸の詩歌と小説◎目次

本書の味わい方、三つのポイント

鈴木健一

1 ことばを大切にする

文学は、言うまでもなくことばによって成り立っている言語芸術です。まずは、そのことばを味わい尽くしてほしいと思います。

たとえば、次の狂歌を例に挙げてみます。有名な狂歌師四方赤良《よものあから》（大田南畝《おおたなんぽ》）の作品です。

ひとつとりふたつとりては焼いて食ふ鶉《うづら》なくなる深草《ふかくさ》の里

これは、平安時代末から鎌倉時代初めにかけての歌人藤原俊成《としなり》の、

夕されば野辺の秋風身にしみて鶉鳴くなり深草の里

という『千載《せんざい》和歌集』に載っている和歌をパロディーしたものなのです。俊成の歌では、深草の地に鶉の声が悲しげに鳴き渡っているという哀切な光景が描かれていたわけですが、南畝の狂歌では、焼き鳥にして一羽食べ二羽食べしてしまって、ついにこの里に鶉がいなくなってしまったという食欲旺盛なありさまに転換させています。

特に、下句はほぼそのまま残しておきながら、「鳴く」から「無く」へと同音異義語による変化を加えたことによって、雅な光景から俗な食欲へという落差を創り出し、笑いを醸し出す手腕は大したものだと思います。

このような並々ならぬ知的なことばの魅力が江戸時代の文学には満載なのです。そして、そのことばは実にバラエティーに富んでいます。

一方では和歌や漢詩に基づく高雅なことばがあり、一方では日常に用いられる卑俗なことばがあります。その二つは、ジャンルごとにある程度住み分けられていますが、時に融合しながら豊かなことばの世界を出現させていきます。そのように自在にことばを操る感覚がこの時代の作者たちには備わっています。

雅俗ということ以外にも、武士・町人・遊女といった身分・職業や、男女という性差によっても多様なことばが生まれ、作品の中で表現されていきます。それらをぜひ味わってみて下さい。

2 さまざまな世界を楽しむ

江戸時代の文学では、ことばだけが多様なのではありません。描かれる世界も多様です。

このテキストで取り上げた小説でも、遊廓における客と遊女のやり取り、武士同士の息詰まる戦い、親子の滑稽な日常会話、旅での思いがけない失敗談、妻が亡霊になって夫の前に現れる怪異譚など、人間が関わるようなあらゆる場面が取り上げられています。

『南総里見八犬伝《なんそうさとみはっけんでん》』の芳流閣《ほうりゅうかく》の決闘（挿絵①）では、犬塚信乃《いぬづかしの》と犬飼見八《いぬかいけんぱち》との戦いを描写しています。臨場感あふれる擬音語とリズミカルな七五調によって読む者の想像力が生き生きと掻き立てられて、その場面が現実感を伴って目の前に浮かんできます。今はやりのバーチャルリアリティーの方が映像的にはよりリアルかもしれません。しかし、ことばによって読者が自分の頭の中に場面を構築する方が、自由でかつそれぞれの好みに合った想像力が発動すると言えるのではないでしょうか。

自分の嗜好に合わせて場面を想像する、それはその人にしかできない楽しみでもあり、ことばにしかできないものでもあるのです。そんなことも大事にしてほしいと思います。

挿絵 ①

3 絵画との関わりを考える

江戸時代には、出版文化が発展したり平和で豊かな時代になったということもあって、それ以前の時代よりも、絵画もしくは画像的なものが生活や社会の中に数多く存在するようになります。その結果、文学も絵画的なものと密接に関わりを持つようになります。ことばを大切にするだけでなく、絵画との関わりを楽しむことによって、江戸時代の文学の味わいはいっそう広がっていきます。絵画と最も関係が深いのは黄表紙《きびょうし》でしょう。

挿絵②（東京都立中央図書館加賀文庫所蔵）

『金々先生栄花夢《きんきんせんせいえいがのゆめ》』の この場面（挿絵②）では、金々先生がお金持ちの養子になり、取り巻きに囲まれてちやほやされている様子が、地の文によってのみならず、絵によっても示されています。金々先生自身も黒羽二重《くろはぶたえ》に舶来のビロードや博多織の帯という「上之息子風」の出で立ちで描かれています。ただし、ここで大切なのは、ことばそれ自体の面白さも発揮されているということです。たとえば、芸者は当時流行の金毘羅節《こんぴらぶし》のはやしことばを口にしたり、たいこ持ちは役者の声色をしています。ことばと絵とが互いに補完しつつ、一つの場面を創り出していくという魅力がここにはあるのです。

黄表紙以外にも、合巻《ごうかん》など他の草双紙《くさぞうし》、小説の挿絵や詩歌の画賛、見立て絵本など絵画との関わりは多種多様なのです。

問題を解いてみましょう

江戸の詩歌と小説を知る

巻一

江戸の俳諧の歴史を知る

芭蕉・蕪村・一茶

問題

①〜⑨には、芭蕉・蕪村・一茶の作品がそれぞれ三句ずつ収められています。三人の特徴を思い浮かべながら［　］に作者名を記してみましょう。季語と季節も（　・　）に記入して下さい。

［作者名］　（季語・季節）

①目出度《めでた》さもちう位也《くらゐなり》おらが春　［　　］（　・　）

②牡丹散《ちり》て打《うち》かさなりぬ二三片　［　　］（　・　）

③荒海や佐渡に横たふ天の河　［　　］（　・　）

④狩衣《かりぎぬ》の袖の裏這ふ蛍かな　［　　］（　・　）

【語注】――［狩衣］公家が着用した平服。

⑤夏草や兵《つはもの》どもが夢の跡　［　　］（　・　）

⑥我と来て遊べや親のない雀　［　　］（　・　）

⑦菜の花や月は東に日は西に　［　　］（　・　）

⑧旅人と我が名よばれん初時雨　［　　］（　・　）

⑨これがまあ終《つひ》の栖《すみか》か雪五尺　［　　］（　・　）

【語注】――［五尺］約一・五メートル。

巻一

答え

芭蕉は、旅に出て自らを厳しい状況に追い込みながら、自然と人間の関係を深く捉えていきました。蕪村は、抒情的・耽美的で、古典を踏まえた知的な側面も持っていました。一茶はより大衆的で、さまざまな題材について、俗語を平易かつ自在に用いて表現しました。

現代語訳

①めでたい新年とはいえ、どうにかこうにか幸せだという程度の、私の正月を迎える気持ちである。
一茶（おらが春・新年）

②豪華に咲き誇っていた牡丹の花びらが散り落ちて、二、三片が重なり合っている。
蕪村（牡丹・夏）

③荒海の向こうに佐渡が島が見える。一方、空には天の川が佐渡が島に掛けて大きく横たわっている。
芭蕉（天の河・秋）

④貴公子の狩衣の袖の裏側を蛍が這っていることだ。
蕪村（蛍・夏）

⑤いまはもう夏草が生い茂っているばかりだ。かつて義経ら勇士たちが功名を夢見て奮戦したのも、夢のようにはかなく過去のことになってしまった。
芭蕉（夏草・夏）

⑥母を亡くした私は一人さびしい。こちらに来て、一緒に遊ぼう、親のいない雀よ。
一茶（雀の子・春）

⑦あたり一面の菜の花畑。東の空には月が昇りはじめ、西の空には太陽が沈もうとしている。
蕪村（菜の花・春）

⑧私はこれから旅に出て、旅人と呼ばれよう。いよいよ初時雨の季節だ。
芭蕉（初時雨・冬）

⑨ここがまあ、私の最後のすみかになるのだろうか。五尺の積雪に埋もれたこの地が。
一茶（雪・冬）

解説

ここでは、俳諧の歴史を概観しながら、①～⑨の句について解説してみましょう。江戸時代の初期に松永貞徳《まつながていとく》（一五七一～一六五三）が指導した貞門《ていもん》俳諧が掛詞・縁語仕立ての温和で上品な句を作り、西山宗因《にしやまそういん》（一六〇五～八二）を中心とする談林《だんりん》俳諧がさまざまな言語的実験を行った後、芭蕉（松尾。一六四四～九四）が登場してきます。

自然と人間への豊かな洞察に満ちたその発句の数々は、最高の俳人としての名を冠されるのにふさわしい内容を備えていると言ってよいでしょう。⑤「夏草や」では自然の悠久さと人間のはかなさが過去と現在の往還の中でダイナミックに捉えられ、③「荒海や」にも雄々しい自然の背後に人間という小さな存在が暗示されていて、ここでも自然と人間との関係が強く意識されています。

また、晩年の芭蕉は旅に生き、旅の途中で死んでしまいます。⑧「旅人と」は、旅に活路を見出して、俳諧師として和歌的美意識と厳しく対峙しようとした彼の決意をよく表しています。芭蕉はいくつかの紀行文を残していますが、最も著名なのは『おくのほそ道』です（巻二で詳しく述べます）。

『三十六俳仙』
「木の下に汁も鱠もさくらかな　芭蕉翁桃青」

その文学観は、「不易流行《ふえきりゅうこう》」「風雅の誠」という語によく表れています。「不易流行」というのは、絶えることなく「風雅の誠（詩歌への純粋な精神）」を追求して自己変革を試みることによってこそ、永遠不変のすばらしい価値に繋がっていくという考え方です。蕉門と称した芭蕉の門下からは、其角《きかく》（榎本）・嵐雪《らんせつ》（服部）・許六《きょりく》（森川）・去来《きょらい》（向井）・凡兆《ぼんちょう》（野沢）・野坡《やば》（志太）・支考《しこう》（各務）ら個性的ですぐれた人材が多く輩出されました（巻三で詳しく述べます）。一門の撰集のうち、『冬の日』『春の日』『曠野《あらの》』『ひさご』『猿蓑《さるみの》』『炭俵』『続猿蓑』は蕉門の七部集と呼ばれています。

そののち、やや低迷していた俳諧でしたが、芭蕉五十回忌をきっかけに、芭蕉を慕いその俳風を復興しようという動きが起こってきます。この時期は中興俳諧と称されています。その中心は、京都の蕪村（与謝。一七一六〜八三）でした。俳諧一筋に精進した観のある芭蕉とは異なり、画家としての側面も持っていた蕪村の句は抒情的・耽美的で、古典的世界を踏まえた知的な側面も強くありました。その悠々とした芸術的生活は、芭蕉とはまた別の意味で純粋な詩的精神を体現したものと言えるでしょう。⑦「菜の花や」が持っている大きく立体的な光景には画家としての構図意識が反映されています。②「牡丹散て」はとても耽美的ですし、④「狩衣の」は王朝文学のような雰囲気が感じ取れて抒情性豊かな作品です。

なお、蕪村の作品では俳文『新花摘《しんはなつみ》』も有名です（巻四で詳しく述べます）し、俳詩「春風馬堤曲《しゅんぷうばていのきょく》」も高い評価を得ています。

文化文政に入ると、俳諧人口はますます増加するものの趣味的になり、明治の正岡子規の俳諧改革に当たって月並俳諧として攻撃の対象とされるに至ります。この時期独自な位置を占めるのが、一茶（小林。一七六三〜一八二七）です。⑨「これがまあ」のように故郷信濃との関係を詠んだもの、⑥「我と来て」のように小動物へのまなざしが感じ取れるもの、①「目出度さも」のように自身の感慨を率直に詠むものなど、さまざまな俳材に対して俗語を平易かつ自在に駆使した句風によって、芭蕉・蕪村の芸術性とは別の大衆的な

もっと読みたい人への読書案内

【研究文献】

井本農一『芭蕉の文学の研究』（角川書店、一九七八年）、尾形仂『芭蕉の世界』（講談社学術文庫、一九八八年）、堀切実『表現としての俳諧―芭蕉・蕪村・一茶』（ぺりかん社、一九八八年）、清水孝之『与謝蕪村の鑑賞と批評』（明治書院、一九八三年）、上野洋三『芭蕉、旅へ』（岩波新書、一九八九年）、復本一郎『芭蕉歳時記』（講談社選書メチエ、一九九七年）、田中善信『芭蕉＝二つの顔　俗人と俳聖と』（講談社選書メチエ、一九九八年）、藤田真一『蕪村』（岩波新書、二〇〇〇年）、ハルオシラネ『芭蕉の風景　文化の記憶』（角川書店、二〇〇一年）、深沢了子『近世中期の上方俳壇』（和泉書院、二〇〇一年）、森川昭『俳諧とその周辺』（翰林書房、二〇〇二年）、東聖子『蕉風俳諧における〈季語・季題〉の研究』（明治書院、二〇〇三年）、清登典子『蕪村俳諧の研究』（和泉書院、二〇〇四年）、深沢眞二『風雅と笑い　芭蕉叢考』（清文堂、二〇〇四年）、雲英末雄『芭蕉の孤高　蕪村の自在』（草思社、二〇〇五年）

レベルで今日も多くの愛好者を獲得しています。

　一茶には、父の看病と継母・異腹の弟との葛藤を描いた『父の終焉日記』や、信濃への帰郷前後を描いた『七番日記』、没後に刊行された『おらが春』などもあります。

（鈴木健一）

【本　文】新編日本古典文学全集『松尾芭蕉集』①②（小学館、一九九五・九七年）、『蕪村全句集』（おうふう、二〇〇〇年）、『新訂一茶俳句集』（岩波文庫、一九九〇年）

付録資料　芭蕉・蕪村・一茶発句抄

芭蕉

あら何ともなやきのふは過ぎてふくと汁
芭蕉野分《のわき》して盥《たらひ》に雨を聞く夜哉
狂句こがらしの身は竹斎《ちくさい》に似たる哉
山路来て何やらゆかしすみれ草
古池や蛙飛びこむ水の音
草臥《くたび》れて宿かる比《ころ》や藤の花
閑かさや岩にしみ入る蝉の声
五月雨をあつめて早し最上川
初しぐれ猿も小蓑《こみの》をほしげ也
行く春を近江の人とをしみける

蕪村

春の海終日《ひめもす》のたりのたりかな
枕する春の流れやみだれ髪
鳥羽殿《とばどの》へ五六騎いそぐ野分かな
猿どのの夜寒訪ひゆく兎かな
凧《いかのぼり》　きのふの空のありどころ
夏河を越すうれしさよ手に草履
さみだれや大河を前に家二軒
不二《ふじ》ひとつうづみのこして若葉かな
ほととぎす平安城を筋違《すぢかひ》に
稲妻や浪もてゆへる秋津しま

一茶

心からしなのの雪に降られけり
雪とけて村いっぱいの子どもかな
悠然《いうぜん》として山を見る蛙かな
づぶ濡れの大名を見る炬燵《こたつ》かな
雀の子そこのけそこのけ御馬が通る
痩蛙まけるな一茶これにあり
やれ打つな蝿が手を摺《す》り足をする
うつくしや障子の穴の天の川
名月を取ってくれろとなく子かな
ともかくもあなた任《まか》せの年の暮

おくのほそ道

巻二　旅のテーマと緻密な構成を知る

問題　次の文章は、芭蕉が著した紀行文『おくのほそ道』の一節です。市振《いちぶり》の地で、芭蕉たちは二人の遊女と出会います。芭蕉は、なぜ彼女たちを「あはれ」と感じたのでしょうか。

けふは、親しらず子しらず・犬《いぬ》もどり・駒返《こまがへ》しなど云北国《いふほくこく》一の難所《なんじょ》を越て、つかれ侍《はべ》れば、枕引《ひき》よせて寝《ね》たるに、一間《ひとま》隔てて面《おもて》の方《かた》に、若きをんなの声二人計《ばかり》ときこゆ。年寄《より》たるお《(を)》のこの声も交《まじり》て物語するを聞《き》けば、越後《ゑちご》の国新潟《にひがた》と云《いふ》所の遊女なりし。伊勢《いせ》に参宮するとて、此《この》関までお《(を)》のこの送りて、あすは古里にかへす文したため、はかなき言伝《ことづて》などしやる也。「白浪《しらなみ》のよする汀《なぎさ》に身をはふらかし、あまのこの世をあさましう下《くだ》りて、定めなき契《ちぎり》、日々の業因《ごふいん》、いかにつたなし」と物云《いふ》を聞《きく》く寝入《ねいり》て、あした旅だつに、我くにむかひて、「行衛《ゆくへ》しらぬ旅路《たびぢ》のうさ、あまり覚束《おぼつか》なう悲しく侍れば、見えがくれにも御跡《おんあと》をしたひ侍らん。衣《ころも》の上の御情《おんなさけ》に大慈《だいじ》のめぐみをたれて結縁《けちえん》せさせ給《たま》へ」となみだを落《おと》す。不便《ふびん》の事にはおもひ侍れども、「我くは所くにてとどまる方《かた》おほし。唯《ただ》人の行《ゆく》にまかせて行《ゆく》べし。神明《しんめい》の加護《かご》、必《かならず》つつがなかるべし」と云捨《いひすて》て出《いで》つつ、あはれさしばらくやまざりけらし。

　一家《ひとついへ》に遊女も寝たり萩《はぎ》と月

曾良《そら》にかたれば、書とどめ侍る。

【語注】

【白浪のよする汀に身をはふらかし、あまのこの世をあさましう下りて】白浪の打ち寄せる海辺に身を落として（遊女となり）、所定めぬ漁師のようにあきれるほど落ちぶれて。

→「白浪のよするなぎさによをすぐす海人の子なればやどもさだめず」（訳・白波の打ち寄せる海辺に世〈夜〉をすごすあまの子ですから、宿もありません〈決まった男がいるわけではありません〉）（『和漢朗詠集《わかんろうえいしゅう》』遊女・『新古今和歌集《しんこきん》』雑下・よみ人しらず）をふまえた表現。

【業因】罪深い行い。前世のそれから身に負うた宿命。

【衣】芭蕉も曾良も僧形《そうぎょう》であった。

【大慈】仏の大きな慈悲心。

【結縁】仏道に入る縁を結ぶこと。

巻二

答え

自らの罪業を自覚し、あきらめてその運命に従いつつもなお救済を願う遊女の姿に心を動かされますが、芭蕉には救ってあげることができません。「あはれ」には、彼女たちを「かわいそうに」と思う気持ち、同時に、無力な自分自身への痛恨の情が含まれています。

現代語訳

今日は親知らず・子知らず・犬戻り・駒返しなどという北国一の難所を越えて来て疲れたので、早々に枕を引き寄せて寝たところ、襖一枚を隔てた表側の方の部屋で、若い女の声がして、二人ばかりいるように聞こえる。年とった男の声も交じって話をしているのを聞いていたところ、越後国新潟という所の遊女であった。伊勢参宮をするというので、この市振の関まで男が送って来て、明日はその男に持たせて帰す故郷への手紙を書き、とりとめのない伝言などをしてやっているようであった。「白波のうちよせる海辺に身をおとして遊女となり、所定めぬ漁師のような境涯にまで、あきれるほど落ちぶれて、夜毎に変わる客と契りをかわして、罪深い日々を送るとは、前世の所業がどんなに悪かったのだろうか。」と話しているのを聞きながら寝入ってしまったのだが、翌朝旅立つ時に、私たちに向かって「先の道筋もわからない道中の心細さ、あまりに心配で悲しゅうございますので、見え隠れにでもあなた様方の御跡をついて参りたいと思います。法衣をお召しでいらっしゃる身のお情けで、どうぞ御仏の大きな慈悲の心のお恵みを私どもにもお分かち下さって、仏道に入る縁を結ばせて下さい。」と、涙を流して頼む。かわいそうなことではあったが、「私たちは、途中あちこちで滞在することが多いのです。ただ同じ方向に旅する人たちの行くのに従って行きなさい。神様がお守り下さって、きっと無事に着くことができるでしょう。」と、言い捨てて出発したが、かわいそうに思う気持ちが、しばらく心を刺し続けた。

同じ一軒の宿に、たまたま旅の遊女も泊まりあわせた。折から空では秋の月が皓々《こうこう》と澄んで照らし、庭には萩の花が艶に咲いている。その上に置く露に月光がはかなく宿ってきらめいているのが、何か我々のとりあわせのように思われた。

曾良に話したところ、この句を書きとどめた。

解説

江戸時代を代表する俳諧師、松尾芭蕉（一六四四〜九四）の紀行文『おくのほそ道』の一段です。芭蕉は、元禄二年（一六八九）三月二十七日（陽暦五月十六日）に江戸を出発し、松島や象潟《きさがた》などをめぐって、八月下旬に美濃国大垣に到着、しばらく休養した後に九月六日（陽暦十月十八日）に、伊勢神宮の式年遷宮《せんぐう》を拝むため大垣を旅立ってゆきます。この間約六〇〇里（約二四〇〇キロメートル）に及ぶ旅のできごとを、文章と発句（俳句）を織り交ぜて綴ったのが『おくのほそ道』です。

けれども、『おくのほそ道』は、旅の事実を羅列的に記録してゆくことを目的とした作品ではありません。とりあげた一段にも登場する、同行者曾良（一六四九〜一七一〇　芭蕉の弟子）が記録していた『曾良旅日記』と比較してみると、多くのフィクションが含まれていることがわかります。そして、読んでゆくと、「行《ゆく》春や鳥啼《なき》魚の目は泪《なみだ》」という句で旅立ち、「蛤のふたみに別行《わかれゆく》秋ぞ」で結ばれるなど、他にも前後が照応した、緻密な構成がなされていることに気づかされます。

　そこには、一つのテーマを読み取ることができます。冒頭の「月日は百代《はくたい》の過客にして、行かふ年も又旅人也」、クライマックスの平泉で源義経主従らの死を悼んで詠まれた「夏草や兵《つはもの》どもが夢の跡」などは、とても有名ですね。とどめようもなく過去から未来へ過ぎてゆく時間。そこに生き、死んでゆく人の営みのはかなさ。時を経て変わってしまう景色。しかしその中にも決して変わらぬ何かがあることに気づき（芭蕉はこれを「不易流行《ふえきりゅうこう》」という言葉で表現しました）、これをテーマとして、現実の旅を文学作品として再構成したのが『おくのほそ道』という作品なのです。

　ここでとりあげた市振の段も、『曾良旅日記』には、これに対応する記載がなく、フィクションの部分と考えられています。

　新潟は古くから遊女の栄えた湊で、当時の地誌にも記されており、芭蕉たちも実際に遊女を見かけたのかもしれません。しかし、ここに描かれているのは、そういった現実の遊女ではないのです。〔語注〕に『和漢朗詠集』の「遊女」の項にある和歌を引きました。その他に、『撰集抄《せんじゅうしょう》』（中世の説話集。芭蕉らは西行の作と考えていました。）や、謡曲「江口」にも遊女が登場しますが、こういった物語の世界の俤に重ねあわせた遊女に、芭蕉たちは出会っているのです。ここでは芭蕉も物語の中の人物（主人公）になっているかのようです。

謡曲「江口」は、次のようなお話です。

> 江口の里に来た旅の僧が、西行と江口の遊女とが歌を贈答した昔を偲《しの》んでいると江口の遊女の幽霊が舟に乗って現れ、遊女の身のはかなさと、遊女と生まれた罪業の深さ、世の無常を嘆く。（この部分の一節「罪業《ざいごう》深き身と生れ、ことに例《ためし》少き河竹《かはたけ》の流れの女となる、前の世の報《むくい》まで、思ひやるこそ悲しけれ」が『おくのほそ道』の本文にふまえられています。）しかし、この世への執着を捨てれば何の迷いも生じないのだと説いた後、その姿は普賢菩薩《ふげんぼさつ》、舟は白象《びゃくぞう》となって、西の空へ帰って行く。

自らの罪業を自覚し、あきらめてその運命に従いつつもなお救済を願い続ける市振の遊女の姿、そのけなげさには心を動かされます。謡曲の中の遊女の霊は救われましたが、芭蕉にはこの市振の遊女を救ってあげることはできません。どんなに救ってあげたいと願っても、無力さを自覚するしかないのです。「哀れさしばらくやまざりけらし」には、汚れた職業にあることを受け入れつつ、僧形の芭蕉たちを見て、なお救いを願う遊女のけなげさを「かわいそうに」と思う気持ち、同時に、それに対して無力な己への痛恨の情、この二つが含まれていると考えられます　さて、発句の「萩と月」ですが、和歌には、萩の露にやどる月がしばしば詠まれています。「風ふけば玉ちる萩のしたつゆにはかなくやどるのべの月かな」(『新古今和歌集』秋上、藤原忠通)などで、芭蕉の愛読書でもあった、木下長嘯子《ちょうしょうし》の『挙白集《きょはくしゅう》』にも、

風ふけば宿かる枝の露おちて空にぞかへる萩の上の月

といった和歌があり、これらの「萩に置く露に少しの間だけやどって空に帰ってゆく月」のイメージを重ね合わせて理解すべきでしょう。

漂泊の旅を境涯として生きる芭蕉と、同じく旅の遊女とが、一夜同じ宿に泊まり合わせたこと。それは、人と人とがたまたま出会うという縁の不思議さと貴重さを示唆しているようです。末尾の「曾良に語れば、書きとどめ侍る」は、フィクションにフィクションを重ねたと注釈されていることが多いところです。でも、皆さんが、人から話(講演など)を聞いて書きとどめたいのは、どういう時でしょうか。その話に、なるほどと思った時ではないでしょうか。「同行者の曾良もまた、私の話に共感してくれたよ、感動をともにしてくれたよ。」それが、「曾良に語れば……」の表すものではないかと思われます。

『おくのほそ道』は、芭蕉没後に井筒屋《いづつや》から刊行された「元禄版本」のもととなった「西村本」(素龍《そりゅう》という人が清書したので、もうひとつの清書本「柿衛《かきもり》本」とともに「素龍清書本」といいます。)に至るまでに、繰り返し推敲が重ねられていたことが、芭蕉自筆本と考えられる「中尾本」、それを一旦清書したあとで、さらに朱と黒との書入れをした「曾良本」からわかります。そして素龍の清書が完成したのは、芭蕉がその年の十月十二日に亡くなる元禄七年の、初夏のことでした。まさに渾身の作と言えるでしょう。

最後に、遊女たちが目ざし、芭蕉たちも大垣からそこを目ざして旅立った伊勢神宮ですが、この年(元禄二年)九月は、二十一年に一度行われる遷座式にあたっていました。当時一生に一度は伊勢参宮をするものとされており、多くの人が伊勢を目ざしました。少し古い記録ですが、慶安三年(一六五〇)の三月中旬から五月には、箱根の関を通過する人が、一日二千百人を数えたということです。(今野信雄著『江戸の旅』岩波新書による。)

(金田房子)

もっと読みたい人への読書案内

【研究文献】 尾形仂『「おくのほそ道」を語る』(角川選書、一九九七年)、尾形仂『おくのほそ道評釈』(角川書店、二〇〇一年)、上野洋三『芭蕉の表現』(岩波現代文庫、二〇〇五年)〈先行の諸注〉『詳考奥の細道　増訂版』(日栄社、一九七九年)、『「おくのほそ道」解釈事典 諸説一覧』(東京堂出版、二〇〇三年)

【本　文】 〈中尾本〉『芭蕉自筆奥の細道』(岩波書店、一九九七年)〈曾良本〉新編日本古典文学全集『松尾芭蕉集』②(小学館、一九九七年)、『新版おくのほそ道 現代語訳/曾良随行日記付き』(角川ソフィア文庫、二〇〇三年)〈西村本〉岩波文庫(一九七九年)、講談社学術文庫(一九八〇年)など多数。

去来抄

巻三 芭蕉の高弟の一人、向井去来の蕉風俳論書を知る

問題

次の文章は、芭蕉の門人去来《きょらい》が著した俳論書『去来抄』の一節です。去来の句の解釈について、去来（「予」）と芭蕉（「先師」）が話し合っています。二人の解釈の違いを簡単にまとめてみましょう。

岩鼻《いははな》やここにもひとり月の客　去来

先師上洛《じやうらく》の時、去来いはく、「洒堂《しやだう》はこの句を『月の猿』と申し侍《はべ》れど、予は『客』勝《まさ》りなんと申す。いかが侍《はべ》るや」。先師いはく、

「『猿』とは何事ぞ。汝《なんぢ》、この句をいかに思ひて作せるや」。去来いはく、「明月に乗じ山野吟歩《ぎんぽ》し侍《はべ》るに、岩頭また一人《ひとり》の騒客《さうかく》を見付《つけ》たる」と申す。先師いはく、「『ここにもひとり月の客』と、己《おのれ》と名乗《なの》り出《い》でたらんこそ、幾ばくの風流ならん。ただ自称の句となすべし。この句は我も珍重《ちんちょう》して、『笈《おひ》の小文《こぶみ》』に書き入れける」となん。予が趣向は、猶二三等もくだり侍りなん。先師の意を以て見れば、少し狂者の感も有るにや。退きて考ふるに、自称の句となして見れば、狂者のさまも浮かみて、初めの句の趣向にまされる事十倍せり。誠《まこと》に作者その心を知らざりけり。

【語注】
【洒堂】芭蕉の門人。【吟歩】句を考えながら歩くこと。
【騒客】風流人。詩人。【自称】みずから名乗ること。
【笈の小文】芭蕉自撰句集の名。【狂者】風狂の士。

巻三

答え

句の作者である去来は、「月の客」は自分だけかと思っていたら、ここ岩頭にも一人いたのかという句を詠みました。それに対して芭蕉は、月に対して「ここにもひとり」とみずから名乗り出る趣向の句として考えると趣が増すことを指摘しています。

現代語訳

岩鼻やここにもひとり月の客　　去来

先師（芭蕉）が京都にお見えになった時、私去来は「洒堂はこの句の下五文字を『月の猿』としたほうがよいと申しましたが、私は『月の客』としたほうがずっと勝っていようと申しました。いかがでございましょうか」と尋ねた。先師は「『猿』とはなんということだ。おまえは、この句をどのように思って作ったのか」とおっしゃるので、私は「くもりのない明るい月に誘われるままに山野を句を考えながら歩いておりましたところ、岩の突端に自分以外のもう一人の風流人を見つけて詠んだものでございます」と申し上げた。先師は「『ここにもひとり月の客』と自分だと名乗り出ているような姿は、どれほどの風流であろうかわからない。ただ、自分から名乗り出た句とするのがよい。この句は私も珍重して『笈の小文』に書き入れた」とおっしゃった。私の趣向は、やはり先師の趣向に二、三等も劣っていることになるだろう。先師の趣向を用いてみると少し風狂者の趣もあるのではなかろうか。一歩退いて考えたところ、自分から名乗り出た句として見ると、風狂者の様も浮かんで、初めの句の趣向に勝ること、十倍になった。本当に、句の作者である私は、その趣向を思いつかなかった。

解説

俳諧について論じたものを「俳論」といい、『去来抄』は、芭蕉（一六四四〜九四）の高弟の一人、向井去来（一六五一〜一七〇四）が著した最も代表的な蕉風俳論書と言われています。去来が面談や文通などによって、師芭蕉から直接教えを受けた俳論や句評、あるいは彼が見聞きした同門の俳人たちの俳諧談義や体験談などであり、「先師評」「同門評」「故実」「修行」の四部からなります。「先師評」には、芭蕉や同門の人たちの句についての芭蕉の教えを四十五章収めており、その二十章に「岩鼻や」の句について去来と芭蕉が話したことを載せています。

「岩鼻や」の句の作者である去来は、「月の客」は自分だけかと思っていたら、ここ岩頭にも一人いたのかという句を詠みました。この句に対して洒堂は、下五に注目して、「月の客」ではなく「月の猿」のほうがよいと意見したのですが、去来は、「月の客」のほうが良いと考えていて、芭蕉に意見を求めました。ところが、芭蕉は「月の猿」という意見を問題外とした上で、句の作者である去来が気づかなかった、月に対して「ここにもひとり」とみずから名乗り出る趣向の句として考えると趣が増すことを指摘しています。去来自身も、あとでみずから名乗り出る句として考えれば月に誘われた風流人の姿がクローズアップされると、感心しています。作品が作者の手を離れたあと、表現は変えずに、発想を変えることで、その作品世界の奥行きを広げ、作品の価値を高めることになったエピソードです。なお、猿を主体として自称の句と考える説（村松友次「去来句〈岩鼻やこゝにもひとり月の客〉の解釈について」〈『東洋大学短期大学紀要』十二、一九八一〉）もあります。

『去来抄』自体は、著者である去来が病没したため、未定稿のまま残されました。去来自筆の大東急記念文庫本は、紙数三十六葉からなり、「先師評」「同門評」の二編しか伝わりませんが、おびただしい書き入れ、抹消、訂正があり、その推敲のあとがよくわかります。その後、主に写本として伝えられましたが、芭蕉復興運動の機運の中で、安永四年（一七七五）尾張の俳人暁台《きょうたい》によって刊行され、一般に広く知られるようになりました。ただ、版本『去来抄』は、「故実」を欠き、一部字句に改竄の跡があります。

また『去来抄』は、蕉風俳論書としては土芳《どほう》の『三冊子《さんぞうし》』と並んで最も高く評価されています。『三冊子』が土芳の個人的な見解だけでなく、資料を広く諸書に求めて書かれたものであるのに対して、『去来抄』は未定稿であったために、未整理で不正確なところもありますが、去来自身の体験を中心に、芭蕉や同門の人々の言葉と自分の見解を書いたものとして特色があります。「先師評」のほかに、同門の人々が芭蕉句や同門の句について互いに批評したり、議論した言葉を収める四十章の「同門評」、俳諧の法式・切れ字・花の定座《じょうざ》・恋の句などにつ

もっと読みたい人への読書案内

【研究文献】

尾形仂『去来抄複製』（大東急記念文庫、一九五七）、杉浦正一郎ら『向井去来』（去来顕彰会、一九五四）、大内初夫ら『去来先生全集』（落柿舎保存会、一九八二）、大内初夫・若木太一『俳諧の奉行向井去来』（新典社、一九八六）、堀切実『芭蕉の門人』（岩波新書、一九九一）、尾形仂「去来抄」（『言語と文芸』一～三、七、九、一〇、一二、一九五八～一九六〇）南信一『総釈去来の俳論』上・下（風間書房、一九七四・一九七五）、尾形仂・堀切実「芭蕉俳論事典」（『別冊国文学　芭蕉必携』学燈社、一九八〇）、堀切実『芭蕉と俳諧史の展開』（ぺりかん社、二〇〇四）、白石悌三・尾形仂『俳句・俳論』（角川書店、一九七七）

Note

いての芭蕉の考え方を踏まえて述べた二十三章の「故実」、俳諧修行上の心得や蕉風俳諧の特色として、不易流行《ふえきりゅうこう》・うつり・ひびき・におい・面影・位・さび・しをり・ほそみなどに関する論をおさめた四十九章の「修行」は、芭蕉の不易流行の論やさび・しをりの説などの蕉風俳論を考察するために不可欠のものになっています。ただし、楠元六男「去来の執筆態度―『去来抄』理解のための一検証作業」〈『国語国文論集』二十　一九九一〉では『去来抄』における去来の理解が、必ずしも芭蕉の真意・本質をとらえていない点があり、注意深く検討する必要性を指摘しています。

（森澤多美子）

【本　文】

日本古典文学大系『連歌論集　俳論集』（岩波書店、一九六一）、新編日本古典文学全集『連歌論集　能楽論集　俳論集』（小学館、二〇〇一）

新花摘

巻四　蕪村俳文の風韻と滑稽さを知る

問題　次の文章は蕪村《ぶそん》が著した俳文集『新花摘《しんはなつみ》』の一節です。狸《たぬき》の行為について簡単にまとめてみましょう。

むかし丹後宮津《たんごみやづ》の見性寺《けんしやうじ》といへるに、三とせあまりやどりゐにけり。秋のはじめより、あつぶるひのためにくるしむこと五十日ばかり、奥の一間《ひとま》はいといとひろき座しきにて、つねにさうじひしと戸ざして、風の通ふひまだにあらず。其《その》次の一間に病床をかまへ、へだてのふすまをたてきりて有りけり。ある夜四更《しかう》ばかりなるに、やまひややひまありければ、かはやにゆかんとおもひてふらめき起きたり。かはやは奥の間のくれえんをめぐりて、いぬゐの隅にあり。ともしびもきえていたうくらきに、へだてのふすまおし明けて、まづ右《みぎ》りの足を一歩さし入れければ、何やらんむくむくと毛のおひたるものをふみ当てたり。おどろおどろしければ、やがて足をひきそばめてうかがひゐたりけるに、ものの音もせず。あやしくおどろしけれど、むねうちこころさだめて、此たびは左《ひだ》りの足をもて、ここなんと思ひてはたと蹴《け》たり。されど露《つゆ》さはるものなし。いよいよこころえず、みのけだちければ、わななくわななく庫裡《くり》なるかたへ立ちこえ、法師・しもべなどのいたく寝ごちたるをうちおどろかして、かくかくとかたれば、みな起出《おきいで》つ。ともし火あまたてらして奥の間にゆきて見るに、ふすま・さうじはつねのごとく戸ざしありて、のがるべきひまなく、もとよりあやしきものの影だに見えず。みな云ふ、「わどの、やまひにおかされて、まさなくそぞろごといふなめり」と、いかりはらだちつつ、みなふしたり。

中々《なかなか》にあらぬことといひ出でけるよと、おもなくて、我もふしどにいりぬ。やがて眠らんとする頃、むねのうへばんじやくをのせたらんやうにおぼえて、ただうめきにうめきける。其《その》声のもれ聞こえけるにや、住侶竹渓師《ぢゆうりよちくけいし》いりおはして、「あなあさまし。こは何ぞ」とたすけおこしたり。やや人ごこちつきて、かくとかたりければ、「さることこそあなれ。かの狸沙弥《たぬきしやみ》が所為《しよゐ》なり」とて、妻戸《つまど》おしひらき見るに、夜しらじらと明けて、あからさまに見認《みとめ》けるに、縁《えん》より簀《す》の子《こ》のしたにつづきて、梅の花のうちちりたるやうに跡付《あとつ》きたり。扨《さて》ぞ先にそぞろごとと云ひたりとて、ののしりたるものども、「さなん有りけり」とてあさみあへり。

【語注】

［丹後宮津］ 京都府宮津市。**［見性寺］** 浄土宗の寺で、一心山見性寺。**［あつぶるひ］** 瘧《おこり》。隔日または毎日一定時間に寒気がして発熱する病気。**［さうじ］** 障子。**［ひま］** 隙間。すきま。**［四更］** 午前二時ごろ。**［ひま］** 発作と発作の間。**［かはや］** 厠。便所。**［くれえん］** 榑縁。細長い板を敷居《しきい》に平行に並べて張った縁。切目縁の対。**［いぬゐ］** 戌亥。乾。西北の方角。**［右り］** すぐ後に出てくる「左り」の表記からきたなまり。**［おどろおどろしければ］** 恐ろしいので。**［ひきそばめて］** 引っ込めて。**［むねうち］** 胸をたたき。度胸を決める動作。**［みのけだちければ］** 身の毛が立つほど恐ろしかったので。**［庫裡］** 住職や役僧の住んでいる所。**［寝ごちたるを］** 熟睡しているのを。**［ふすま・さうじ］** 襖障子。ふすま。原本「さうじ」の右に「障子」と傍書。**［わどの］** 和殿。対等または目下のものに対していうことば。あなた。**［まさなく］** 正無し。正気ではなく。**［そぞろごと］** すずろごと。でたらめ。**［おもなくて］** 面目なくて。**［ばんじやく］** 盤石。大きな岩。**［住侶］** 住職の僧侶の略。**［竹渓師］** 見性寺第九世の住職、触誉芳雪和尚《しょくよほうせつおしょう》。俳号を竹渓といい、蕪村と親しかった。**［狸沙弥］** 狸小僧。「沙弥」とは仏門に入り、剃髪《ていはつ》して得度《とくど》したばかりの小僧。**［妻戸］** 寝殿造《しんでんづくり》の四隅の両開きの戸をいうが、ここは家の端のほうにある開き戸。**［さなん有りけり］** そうであったのか。**［あさみあへり］** 互いに驚きあきれた。

巻四

答え

狸はわざと自分の体を踏ませ瞬時に姿を消し、まんまと蕪村をパニックに陥れることに成功します。うまくいったことに気をよくしたからか、物足りなかったからか、狸は再び眠った蕪村の上に乗っかり、足跡だけを残して姿を消します。

現代語訳

昔、丹後国宮津《たんごのくにみやづ》の見性寺《けんしょうじ》という寺に、三年ほど滞在していた。秋のはじめから五十日ほど瘧《おこり》の病で苦しむことがあったが、奥の一間はたいそう広い座敷で、いつも障子《しょうじ》をぴたりと閉めていたので、風が通る隙間《すきま》すらない。その次の一間に病床をしつらえ、部屋のふすまを閉めきってあった。

ある夜四更《こう》（午前二時）ごろになって、熱も少しおさまっていたので、便所へ行こうと思ってふらふらしながら起き上がった。便所は奥の間の榑縁《くれえん》を回って、北西の隅にある。灯火も消えてたいそう暗いので、隔てのふすまを押し開けて、まず右足を一歩さし入れたところ、何であろうか、むくむくと毛が生えたものを踏み当てた。恐ろしいので、すぐに足をひっこめて様子をうかがっていたが、少しの物音もしない。不思議で恐ろしかったが、胸をたたき、心に決めて、今度は左の足で、ここだろうと思ってぱっと蹴《け》った。けれどもちっとも触るものがない。ますます不可解で、身の毛もよだつほど恐ろしかったので、震えながら庫裡《くり》の方へ立っていって、お坊さんや召使たちで、ぐっすり眠っていたのを起こして、これこれと話すと、皆起き出した。灯火をたくさん照らして奥の間に行ってみるとふすまはいつものように閉めてあって、逃げるような隙間はなく、もちろんあやしいものの影さえ見えない。皆、「あなたは病に冒されて、正気でもないでたらめを言っているようだ」といって、怒って寝てしまった。

なまじっか言わないでもよいことを言ってしまったよと、面目なくて、わたしもねやに入った。まもなく眠ろうとしているころ、胸の上に大きな石を乗せているように感じて、わたしはただひたすらうめいていた。その声が漏れ聞こえたのであろうか、住職の竹渓《ちくけい》師が入ってこられて、「ああ、あきれた。これは何事ですか」と助け起こした。いくらか人心地ついて、これこれと話をすると、「そのようなことがあるにちがいない。例の狸小僧《たぬきこぞう》の仕業《しわざ》だ」と言って、妻戸《つまど》を押し開けてみると、夜も白々と明けて、はっきりと認められたのには、縁側から簀子《すのこ》の下まで続いていて、梅の花が散ったような足跡が付いていた。そこで、先程でたらめを言ったといってわたしをののしった人たちも「そうか、そうであったのか」とお互い驚き合った。

『妖怪絵巻』
「おれがはらのかわをためして見おれ　にゃんへ」

『妖怪絵巻』
「鎌倉若宮八幡いてうの木のばけ物」

『新花摘』
上野行脚の蕪村と瓢北

与謝蕪村は、享保元年（一七一六）摂津国東成郡《せっつのくにひがしなり》毛馬《けま》村に生まれました。明治の新時代になって、蕪村の句の自由な空想性や漢詩調の表現、そして、とりわけ客観的な把握による写生的な描写の仕方が、当時俳句革新運動の中心にいた正岡子規らに注目されました。子規は明治三十二年（一八九九）、『俳人蕪村』を著し、俳壇を中心に蕪村再評価の機運が一気に高まりました。

このようなことから、蕪村の句といえば写実的な面にとかく目がいきがちですが、「猿どの、夜寒訪《とひ》ゆく兎かな」などのような物語性のある句、また、「女倶《ぐ》して内裏拝《だいりをが》まん朧月」に見られるような王朝趣味や浪漫性を漂わせる句も残されています。昭和に入って、このような蕪村句の抒情的な面に着目した萩原朔太郎は、蕪村を抒情詩人と位置づけ、『郷愁の詩人与謝蕪村』を著し、以後の蕪村論に大きな影響を与えました。

その他蕪村は、画家としても知られており、池大雅《いけのたいが》と競作した『十便十宜図《じゅうべんじゅうぎず》』や、『奥の細道図』の作者としても有名です。また、『妖怪絵巻』のような作品も残しており、そこからは『新花摘』に載る狐狸《こり》談とともに、蕪村の怪異趣味がうかがえます。

『新花摘』は、蕪村の俳諧句文集で、寛政九年（一七九七）刊行されました。蕪村が亡母追善のための夏行《げぎょう》として書き始められたと推測されています。安永六年（一七七七）、彼の六十二歳の年の四月から書き起こしたもので、題名は其角《きかく》の『花摘』にならっています。四月八日から二十三日までに百二十余句を得ましたが中絶し、その後同年の秋から冬にかけて後半の文章が成ったものとされています。後半の文章の内容は、京都定住以前の修業時代の回想記で、其角の『五元集《ごげんしゅう》』刊行にまつわる話、骨董《こっとう》についての評論、狐狸についての不思議な話、其角の手紙に関する話などです。

本書で取り上げたのは、蕪村自身が丹後の国宮津の見性寺にいたときに経験した、不思議な出来事を記した部分です。蕪村が真っ暗闇の中起き出してくる気配を、狸はいち早く感じ取り、ひとつ驚かしてやろうと思ったに違いありません。わざと自分の体を踏ませ、瞬時に姿を消し、

もっと読みたい人への読書案内

【研究文献】

『蕪村全集』（講談社、一九九四年）、『蕪村事典』（桜楓社、一九九〇年）、正岡子規『俳人与謝蕪村』（講談社文芸文庫、一九九九年）、萩原朔太郎『郷愁の詩人与謝蕪村』（岩波文庫、一九八八年）、田中善信『人物叢書　与謝蕪村』（吉川弘文館、一九九六年）、尾形仂『蕪村の世界』（岩波書店、一九九三年）、堀切実『俳文史研究序説』（早稲田大学出版部、一九九〇年）、尾形仂「『新花摘』の原形」（「文学」五十二（十）、一九八四年十月）、高橋弘道「『新花摘』について」（「文学研究」七十四、一九九一年十二月）、高橋弘道「『新花摘』について―承前―」（「文学研究」七十七、一九九三年六月）、千野浩一「『新花摘』句日部分の類想句」（「国語と国文学」八十（十二）、二〇〇三年十二月）、鈴木秀一「芭蕉の俳文―その文体とリズム―」（「近世文芸研究と評論」六十三、二〇〇二年十一月）

Note

まんまと蕪村をパニック状態に陥れることに成功します。蕪村は僧や召使たちを起こしますが、灯火をともして皆で調べても奥の間には何も変わった様子はなく、結局熱病に冒された蕪村がでたらめを言ったのだということで片付けられてしまいました。うまくいったことに気をよくしてもっと驚かしてやろうかと思ったのか、あるいは自分の仕業と思われなかったことに対する物足りなさからなのか、狸は再び眠りについた蕪村の上に乗っかるといういたずらをし、足跡だけを残して姿を消してしまったのでした。

以上のような解釈の他に、狸は最初に自分をわざと踏ませて驚かそうとしたのではなく、寛《くつろ》いでいたところを踏まれたので、その仕返しとしてもう一度眠りについた蕪村の体の上に乗ったという解釈もできるかもしれません。しかしながら、いずれにしても足跡はきちんと残すことで自分の仕業であるという証拠を示すあたりは、狸の自己顕示欲を垣間見るようで、俳文らしい滑稽《こっけい》さが表れているところでもあります。

ところで、俳文は、「俳意を含んだ散文詩的な文章」と定義されています。江戸時代初期の山岡元隣《やまおかげんりん》『宝蔵《たからぐら》』などが先駆的なものですが、意識的に俳文の格を立てたのは松尾芭蕉でした。その後、門下の許六《きょりく》が初めて本格的な俳文集『本朝文選《ほんちょうもんぜん》』を、続いて同じく支考《しこう》も『本朝文鑑《ほんちょうぶんかん》』、『和漢文操《わかんぶんそう》』を編み、それらは以後の俳文集の規範となりました。この三編を含む俳文の大半は、『古文真宝《こぶんしんぽう》』などの中国の「古文」に範をとり、辞・賦《ふ》・説・頌《しょう》などの文体様式をとっていますが、『新花摘』所収の俳文はそのような様式はとっておらず、随筆風で雅文の風韻を残し、ユーモラスな一面もみられるのが特徴です。

（鈴木秀一）

【本　文】

新編日本古典文学全集『近世俳文集』（小学館、二〇〇一年）、新潮日本古典集成『與謝蕪村集』（一九八五年）

巻五

川柳（社会・生活）

川柳の批評精神・観察眼を知る

問題　①〜⑦の川柳には、どのような批評精神や観察眼が発揮されているのでしょうか。

①役人の骨つぽいのは猪牙《ちょき》に乗せ　（誹風柳多留《はいふうやなぎだる》・二篇）

【語注】――［骨つぽい］清廉潔白で賄賂を受け取らない。［猪牙］猪牙船。吉原へ行く際に乗る船。

②かみなりをまねて腹がけやつとさせ　（誹風柳多留・初篇）

【語注】――［腹がけ］寝冷えしないように子どもの腹に当てる布。

③子が出来て川の字なりに寝る夫婦（誹風柳多留・初篇）

【語注】――［なり］形。

④藪医《やぶ》者の友は遠方より来《きた》る（誹風柳多留・十九篇）

【語注】――［友は遠方より］「朋《とも》あり、遠方より来る、また楽しからずや」（『論語』）

⑤わたしは姑《しうとめ》になつてもと嫁思ひ（誹風柳多留・一四九篇）

⑥なきなきもよい方をとるかたみ分《わけ》（誹風柳多留・十七篇）

【語注】――［かたみ分］死んだ人の遺品を親族や友人に分与すること。

⑦その手代その下女昼は物言はず（誹風柳多留・初篇）

【語注】――［手代］商家の使用人。

巻五

答え

①は役人、④は医者という権威的な存在を批判しています。②③には親子の日常生活への暖かな眼差しが見られます。⑤は嫁姑関係、⑥は形見分けへの辛辣な視点が認められますが、底流には人間観察への暖かみも感じ取れます。⑦には、社会生活の何気ない一コマへの鋭い観察眼が発揮されています。

解説

俳諧が広く普及し、大衆的になるにつれて、雑俳《ざっぱい》という遊戯的な句が非常に流行します。その代表的な「前句付」は、主に七七の題に句を付けるものでした。また五文字題に七五を付ける「笠付（冠付《かむりづけ》）」も元禄（一六八八〜一七〇四）頃から台頭しました。前句付集『咲《さく》やこの花』（元禄五年〈一六九二〉刊）などの撰集が盛んに刊行され、流行は享保（一七一六〜三六）頃頂点に達しました。

その雑俳で前句が省略されたものが川柳です。寛延三年（一七五〇）から安永五年（一七七六）にかけて刊行された『武玉《むたま》川《がわ》』（点者慶紀逸《きいつ》〈一六九五〜一七六二〉等）や、明和二年（一七六五）から刊行された『誹風柳多留』（点者柄井川柳《からいせんりゅう》〈一七一八〜九〇〉等）がその代表的なものです。『誹風柳多留』でも、最初のうちは「うろたへにけり〳〵」などのような畳語型の前句が存在しましたが、次第に前句を無視する傾向が強まり、やがて五七五、十七文字の独詠句になります。川柳は季語もなく、俳諧よりさらに遊戯性・大衆性が推進されていることから、大流行を巻き起こしました。結局『誹風柳多留』は百六十七篇まで続きます（うち二十四篇までが初代柄井川柳の評句）。

①〜⑦の句について、すこしずつ解説しながら、川柳の面白さについて考えてみます。

①「役人の」は、清廉潔白で賄賂を受け取らない役人も、猪牙舟に乗せて吉原へ連れ出してしまえば、必ず相手の思い通り

になるという意味です。どんなに堅い男でも女遊びを嫌だと言う者はいないというわけです。えばっているお役人だって、やっていることはちっとも偉くないじゃないかという、権威を批判しようとする精神がここにはあります。現代の公務員の汚職事件でも、きっとそういうことはありますね。

役人の子はにぎにぎをよく覚へ　（誹風柳多留・初篇）

この句は、役人の子どもは赤ちゃんの時から「にぎにぎ」がうまいという意味ですが、「にぎにぎ」には、赤ちゃんに手を開いたり握ったりする習性があることと賄賂を貰うことが掛けられていて、これも役人を批判しているわけです。当時の役人は世襲制でした。

②「かみなりを」は、裸の子どもに腹がけをさせようとしても、逃げ回ってなかなかうまく行かないため、「ゴロゴロゴロ、雷さまが鳴って来たよ。腹がけをしないとおへそを取られるよ、おお怖い怖い」と言って、ようやく腹がけをさせたというのです。川柳には、①のような社会的な批評精神以外に、このような日常生活のささやかなおかしみを切り取ってくる観察眼が発揮されているものも多くありました。

③「子が出来て」は、夫婦に赤ちゃんができて、子を真ん中に挟んで三人で寝ると、まるで川の字のようだというのです。逆に言うと、子ができる前は夫婦二人でぴたっとくっついて寝ていたということも暗示されています。

黄表紙『日本多右衛門』猪牙船の図。
東京都立中央図書館加賀文庫所蔵

でも、一人ならまだしも、

子沢山州の字なりに寝る夫婦（誹風柳多留・九十二篇）

になってしまったら、ちょっと大変ですね。

④「藪医者の」は、藪医者は近所ではだめな医者だと知られているので、患者は遠方からしかやって来ないというわけです。それを『論語』でパロディーして、笑いを醸し出しています。『論語』の「朋」が「藪医者」にとっての患者だとするところがおかしいですね。この句も①と同様、権威的な存在を批判するものです。

役人や医者の他に、僧侶もよく批判の対象になります。

緋《ひ》の衣着れば浮世が惜しくなり（誹風柳多留・初篇）

「緋の衣」は、僧正という最高位に昇った僧が着るものです。僧侶として出世し名誉も伴ってくると欲が湧いて来て、出家して捨てたはずの「浮世」も惜しくなってくるものだと皮肉を言っています。

⑤「わたしは」は、わたしは姑になったとしても、今の姑がわたしに対してしているような嫁いびりなど決してしない、という嫁の決意なのです。でも、そう思っていてもいざ姑になってみると今の姑と同じようなことを嫁にしてしまうかも、という口振りも感じ取れますね。ただし、そのことを全面的にだめだと言っているわけではなくて、それが人間というものなんだから仕方無いさという、辛辣な中に暖かい川柳作者の人間観が示されています。

⑥「なきなきも」は、悲しみに暮れて泣きながらも、形見分けを貰う段になると、少しでもよさそうな方を選ぶものだというのです。人間というのはじつに欲深いものだという批評なのですけど、⑤同様それもまた人間臭くていいではないかという暖かみの伴った批判なの

もっと読みたい人への読書案内

【研究文献】

山路閑古『古川柳』（岩波新書、一九六五年）、花咲一男『江戸吉原図絵』（三樹書房、一九七六年）、室山源三郎『古川柳と謡曲』（三樹書房、一九八五年）、鈴木勝忠『柄井川柳』（新典社、一九八二年）、比企蝉人『川柳と和歌』（大平書屋、一九八八年）、渡辺信一郎『江戸川柳飲食事典』（東京堂出版、一九九六年）、下山弘『川柳江戸の四季』（中公新書、一九九七年）

【本　文】

日本古典文学大系『川柳狂歌集』（岩波書店、一九五八年）、鑑賞日本古典文学『川柳・狂歌』（角川書店、一九七七年）、新潮日本古典集成『誹風柳多留』（一九八四年）、佐藤要人『江戸川柳便覧』（三省堂、一九九八年）、新編日本古典文学全集『黄表紙　狂歌　川柳』（小学館、一九九九年）、佐藤要人『川柳吉原便覧』（三省堂、一九九九年）

だと思います。

⑦「その手代」は、使用人同士の恋は当時の商家ではふしだらだと見なされたので、当人たちも昼は素知らぬ顔をしているというわけです。「その」がカップルだということをほのめかしています。

以上のような、社会・生活のさまざまな側面を取り上げたもの以外に、川柳のもう一つの主たる内容として、歴史的題材を取り上げた詠史句がありますが、これについては巻六で詳しく述べます。

（鈴木健一）

付録資料　『誹風柳多留』抄　（　）内は篇数。

〔社会〕

若とのは馬の骨から御誕生　（十）

江戸ものの生れそこない金をため　（十一）

師匠さまいろはの内はこはくなし　（二十）

〔生活〕

母の名は親仁《おやぢ》のうでにしなびて居《ゐ》　（一）

しうとめの日なたぼつこは内を向き　（一）

里帰り夫トびいきにもう話し　（三）

〔遊廓〕

男女席を同じふせざるは初会《しょかい》　（五十一）

裏の夜は四五寸近く来て座《す》はり　（一）

三会目心の知れた帯をとき　（拾遺七）

〔歴史〕

宝劔はおろち下戸なら今に出ず　（拾遺四）

芥川どつちもにげる形《な》りでなし　（九）

気づよひと気の長ひのが九十九夜　（拾遺四）

石山で出来た書物のやはらかさ　（拾遺五）

金太郎悪くそだつと鬼になり　（十八）

前九年ひつぱり合つて一首よみ　（八）

義朝は湯灌《ゆくわん》を先へしてしまひ　（拾遺五）

湯にはいる時入道はぢうといふ　（拾遺六）

はき溜《だめ》へ鶴のおりたは小松どの　（五）

腕のあるうちに桜の歌を書き　（二十四）

巻六

川柳（歴史・物語）

川柳に現れる物語・伝説を知る

問題　①〜⑦の川柳は、どのような物語・伝説を踏まえているのでしょうか。

①京都では梅を盗まれたと思ひ（誹風柳多留・二十三篇）

②又文《ふみ》かそこらへ置けと光る君（同・十七篇）

③少将は少し風気もをして行（同）

【語注】――［少将］深草少将。［をして］無理をして。

④清盛の医者は裸で脈をとり（同・初篇）

⑤頼朝のかぶと拝領してこまり（同・三十三篇）

⑥武蔵坊とかく支度に手間がとれ（同・初篇）

【語注】――［武蔵坊］武蔵坊弁慶。

⑦鼻をつまんで楠木は下知《げち》をする（同・四十四篇）

【語注】――［楠木］楠木正成。［下知］命令。

巻六

答え

①は道真の飛梅伝説、②は『源氏物語』の光源氏像、③は深草の少将の百夜通い、④は清盛の熱病、⑤は頼朝の大頭、⑥は弁慶の七つ道具、⑦は千早城における楠木正成の戦法、を踏まえています。

現代語訳

①都人は、梅が左遷された道真の許に飛んでいったのでなく、誰かに盗まれたと思ったのでは。

②またラブレターか、ならばその辺においておけと、さしもの光源氏も飽きてしまった。

③深草少将は、自分の想いを遂げるため、小野小町の許へ少しくらい風邪を引いても無理をして通ったことだ。

④清盛を看病するために医者も裸になって看護した。それぐらい熱が高かった。

⑤頭でっかちの頼朝から兜をもらっても、大きすぎてありがた迷惑もいいところ。
⑥あまりの武器の多さに、武蔵坊弁慶は合戦のたびに支度の時間がかかって仕方がない。
⑦楠木正成は、寄せ手に向かって自ら鼻をつまんで、糞を投げるよう命令し、城を守る。

解説

①菅原道真伝説の一つ「飛梅」を詠んだ句で、道真が梅を愛好したことは早く『大鏡』（一〇八〇年頃成）に見えます。道真が藤原時平の讒言で大宰府に左遷されたときに詠んだ歌「東風《こち》吹かば匂ひおこせよ梅の花あるじなしとて春をわするな」（拾遺集・雑春）から、梅が道真を慕って主人の許へ飛んでいったという伝承が生まれました。そのことも知らずにそれは梅が盗まれたのだと都人思ったに違いない、という伝承の読み替えがこの句の真骨頂です。古くから梅は桜とともに長く愛好された植物でした。道真は今日では大宰府天満宮に祀られ、学問の神様として信仰を集めています。天満宮の境内には梅鉢が今もあります。

②『源氏物語』に描かれる主人公光源氏の恋多き貴公子の面目を逆手にとって、実際には余りの恋文の多さに飽きてしまった光源氏の内面を想像して描いてみせたところにこの句の面白みがあります。江戸時代の『源氏物語』の享受のされ方は様々です。『源氏物語』は平安朝の雅びな「色好み」の文学として公家社会に根強く受け継がれる一方で、庶民の間では国学者がその側面を継承し、また〈俗〉な「好色物」として享受された側面もあります。〈雅〉〈俗〉の二元論は江戸文学を理解するうえで欠かせない要素ですが、庶民レベルでは、『源氏物語』という〈雅〉は〈俗〉へとパロディ化されて享受されました。

③深草の少将とは、平安朝の歌物語『大和物語』（天暦五年・九五一までに成）の主人公の

『平家物語』平清盛熱病の場面

一人。実はこの少将、六歌仙の一人僧正遍昭《へんじょう》のことで、小野小町に恋をして狂死した人物として造型されています。歌論書『袖中抄《しゅうちゅうしょう》』の説話が百夜《ひゃくよ》通いの初出とされています。謡曲「通小町《かよいこまち》」「卒塔婆《そとば》小町」にも描かれる人物で、百夜も小野小町の許に通って恋の想いを遂げようとし、百日を前に亡くなったとされました。謡曲の影響によって形作られた深草の少将が、通い続けた熱心を逆手にとって、ここでは風邪にもめげない滑稽な人物というイメージで造型されました。

④平清盛（一一一八〜八一）は、知られているように『平家物語』では源頼朝・義経兄弟に倒される悪人として描かれています。『平家物語』は読本系と語り物系に分かれますが、特に語り物系では清盛の悪人像が強調されます。それは琵琶法師などを介した舌耕《ぜっこう》文学という性格に原因があるでしょう。『平家物語』巻六にも「臥し給へる所四五間が内へ入る者は、熱さ堪《た》へがたし」と記されており、清盛は熱病で亡くなったと言われていますが、その熱のせいで医者も裸で看護したというところにこの句の面白さがあります。（新井白石の『読史余論《とくしよろん》』（正徳二年・一七一二）で説かれる「九変五変観」に徳川氏の政権を必然的なものとみなす歴史観が存在したこともあって、平家よりも源氏に対する讃美が大きかった時代です。この句もそのような背景と絡めて理解することもできます。）

⑤源頼朝（一一四七〜九九）と言えば、鎌倉幕府を築いた将軍として有名ですが、すでに『平家物語』「太宰府落」では「顔大きに、せいひきかりけり」と容貌を諷刺され、その俗説に尾ひれが付いて江戸時代では大頭のイメージが共有されます。江戸の小咄には回向院《えこういん》の開帳でも、頼朝の兜の拝観者による、逆に小さすぎるという不審に対して、案内僧が「三歳のこうべ」であると逃げ口上を言ったという咄もあります。このように、頼朝は頭の大きな武将であったという伝承が共有されて、江戸の川柳にはしばしば取り上げられています。

⑥武蔵坊弁慶は源義経の勇猛な忠臣として有名です。『義経記』や『源平盛衰記《げんぺいじょうすいき》』にも多くの伝承が残っています。『義経記』は寛永版・寛文版・元禄版等十数種の版本があって江戸時代では特に親しまれた作品です。その『義経記』には「弁慶は黒革縅《おどし》〈中略〉の鎧《よろい》着たり。

もっと読みたい人への読書案内

【研究文献】

真壁俊信『天神縁起の基礎的研究』（続群書類従完成会、一九九八年）、野口武彦『『源氏物語』を江戸から読む』（講談社、一九八五年。講談社学術文庫、一九九五年）、鈴木健一編『源氏物語の変奏曲—江戸の調べ』（三弥井書店、二〇〇三年）、兵藤裕己『語り物序説』（有精堂、一九八五年）、島津久基『義経伝説と文学』（明治書院、一九三五年）

【原　典】

『誹風柳多留全集』（三省堂、一九七六〜一九八四年）、日本古典文学大系『川柳狂歌集』（岩波書店、一九五八年）、鑑賞日本古典文学『川柳・狂歌』（角川書店、一九七七年）、日本古典文学大系『謡曲集』上（岩波書店、一九六〇年）、日本古典『日本小咄集成』中巻（筑摩書房、一九七一年）、新編日本古典文学全集『黄表紙　川柳　狂歌』（小学館、一九九九年）、『日本史伝川柳狂句』（古典文庫、一九七二〜一九八一年）

Note

〈中略〉四尺二寸ありける柄装束の太刀帯《は》いて、岩透《いはとほし》と云ふ刀をさし、猪の目彫りたる鉞《まさかり》、薙鎌《ないかま》、熊手《くまで》舟にからりひしりと取入れて、身を放さず持ちける物は、石櫧《いちゐ》の木の棒の一丈二尺ありけるに、鐵《くろがね》伏せて上に蛭巻《ひるまき》したるに、石突《いしづき》したるを脇に挟みて〈略〉」とあり、弁慶の七つ道具としてその異様な姿が有名です。この七つ道具に関する説話は江戸初期から伝えられ、『奈良土産』（元禄七年・一六九四刊）の笠俳諧に既に登場します。そして、この句では弁慶が合戦の支度のため武具を身につける時間がかかったであろうという姿を滑稽に描写したものとなっています。

⑦楠木正成（?～一三三六年没）は南北朝時代の南朝の忠臣として有名で、この句に描かれる千早城の合戦は、東国勢が攻め寄せた際に正成が拠った城をめぐる攻防戦。『太平記』には大石を投げて城を守ったと描かれています。『太平記』は『平家物語』とともに、舌耕文学として講釈師によって庶民に語り伝えられた作品ですが、江戸時代には煮え湯をかけて城を守ったとされ、さらに煮え糞を投げて守ったと読み替えられて楽しまれました。この句では、正成も鼻をつまんで匂いに耐えながら戦ったという必死さが面白く揶揄されています。

（谷　佳憲）

巻七

和歌

和歌の流れを知る

問題

①～②の和歌は、それぞれ本歌をどのように取り込んで、一首を仕立てているのでしょうか。（本歌取りとは、古歌の言葉や内容を利用して歌を詠むということです。）

① 春草

分け見ればおのがさまざま花ぞ咲くひとつみどりの野べの小草も

後水尾天皇《ごみずのお》

【語注】――［おのがさまざま花ぞ咲く］それぞれに色々な花が咲いている。［ひとつみどりの］緑一色の。

〔本歌〕今までに忘れぬ人は世にもあらじおのがさまざま年の経《へ》ぬれば

（伊勢物語・八十六段、新古今集・恋五・読人不知）

【通釈】――今までこの世の中に、昔のことを忘れない人などは決していないでしょうから、あなたも私のことなど忘れてしまったでしょうね。お別れして以来、お互いそれぞれ別の歳月を重ねてきたのですから。

② 九月十三夜、県居《あがたゐ》にて

にほどりの葛飾早稲《かつしかわせ》のにひしぼりくみつつをれば月かたぶきぬ　賀茂真淵《かものまぶち》

【語注】――［にほどりの］「葛飾」にかかる枕詞。［葛飾］下総国の郡の古名。［早稲］早い時節に実る稲の品種。［にひしぼり］しぼりたての新酒。［月かたぶきぬ］月が沈もうとしている。

〔本歌〕東《ひむがし》の野にかぎろひの立つ見えてかへりみすれば月かたぶきぬ

（万葉集・巻一・柿本人麻呂）

【通釈】――東の野原の夜空が赤みを帯びて見え、振り返ってみると西の空に月が傾いている。

にほどりの葛飾早稲をにへすともそのかなしきを外《と》に立てめやも

（万葉集・巻十四・作者未詳）

【通釈】――（にほどりの）葛飾で穫れた早稲を神に捧げる新嘗の祭りの晩であろうとも、恋しいあの人を外に立たせて置けるだろうか、いやできない。

巻七

答え

①後水尾天皇は春の野に咲く草花の美しさを発見し、その新しい視点を「おのがさまざま」という古歌の言葉によって表現しているのです。②真淵は『万葉集』を本歌取りすることにより、万葉時代の人の精神に同化しようとした歌人ですが、この歌にはどこか都会的な洗練された感覚が表れていて、古代と現在が二重写しになったような、江戸時代の歌人ならではの面も見られるように思われます。

現代語訳

①分け入ってよく見てみればそれぞれに色々な花が咲いている。（遠くから見れば）緑一色に見える野辺の小草も。

②（にほどりの）葛飾で穫れた早稲で作った新酒を皆と酌み交わしつつ過ごしていると、いつのまにか十三夜の月が沈もうとしている。

①の後水尾天皇（一五九六〜一六八〇）の歌は、『伊勢物語』八十六段中の歌を本歌としていて、物語の世界も含めた形で踏まえています。その物語は次のようなものです。まだ年若い男女がお付き合いをしていたのですが、それぞれに親があってそれに遠慮するあまり、途中で二人の仲は終わってしまいます。それから数年経って、男が女に「今までに」の歌を贈ります（女が男に贈ったという説もあります）。

本歌の「おのがさまざま」という言葉は、別れてしまった後の、お互いが知り得ない、相手のさまざまな経験や感情を指していて、同じ時間を共有していたあの時とは別の二人であるというニュアンスが感じられます。歌を贈るに至った背景には、二人が同じ場所で宮仕えをすることになったということがあり、今一度お互いの気持ちを確認しておきたいということなのでしょうか。この男からの歌は、言うなれば、うやむやに終わってしまった二人の恋に終止符を打つようなものなのです。

ところで、後水尾天皇の歌の「おのがさまざま」は、春の野に色とりどりの花が咲いていると言うことなので、言葉は同じなのですが、こめられている意味は違っています。「春草」という歌題は、昔から詠まれているのですが、その場合「花」に注目した例はほとんど見られません。和歌の伝統の中で、春の花といえば、梅や桜といった木に咲く花であって、草の花は秋の物なのです。そうではありますが、後水尾天皇は春の野に咲く草花の美しさを発見し、その新しい視点を「おのがさまざま」という古歌の言葉によって表現しているのです。

一般に本歌を取る場合、四季などの自然の歌を作る時には恋の歌から取り、恋の歌を作る時には自然詠から取るという原則があります。恋歌を本歌に取った自然詠には、恋のイメージがほのかに感じられるような効果もあり、後水尾天皇の歌の場合も、意識を持って咲いたかのように擬人化された草花を愛でる気持ちに、それが表れているのではないかと思います。

さて、ここで江戸時代の和歌の流れを簡単に見ていきましょう。中世の和歌と江戸時代の和歌を結ぶ役割を果たしたのは、細川幽斎《ほそかわゆうさい》です。幽斎は、東常縁《とうのつねより》から続く古今伝授を智仁《としひと》親

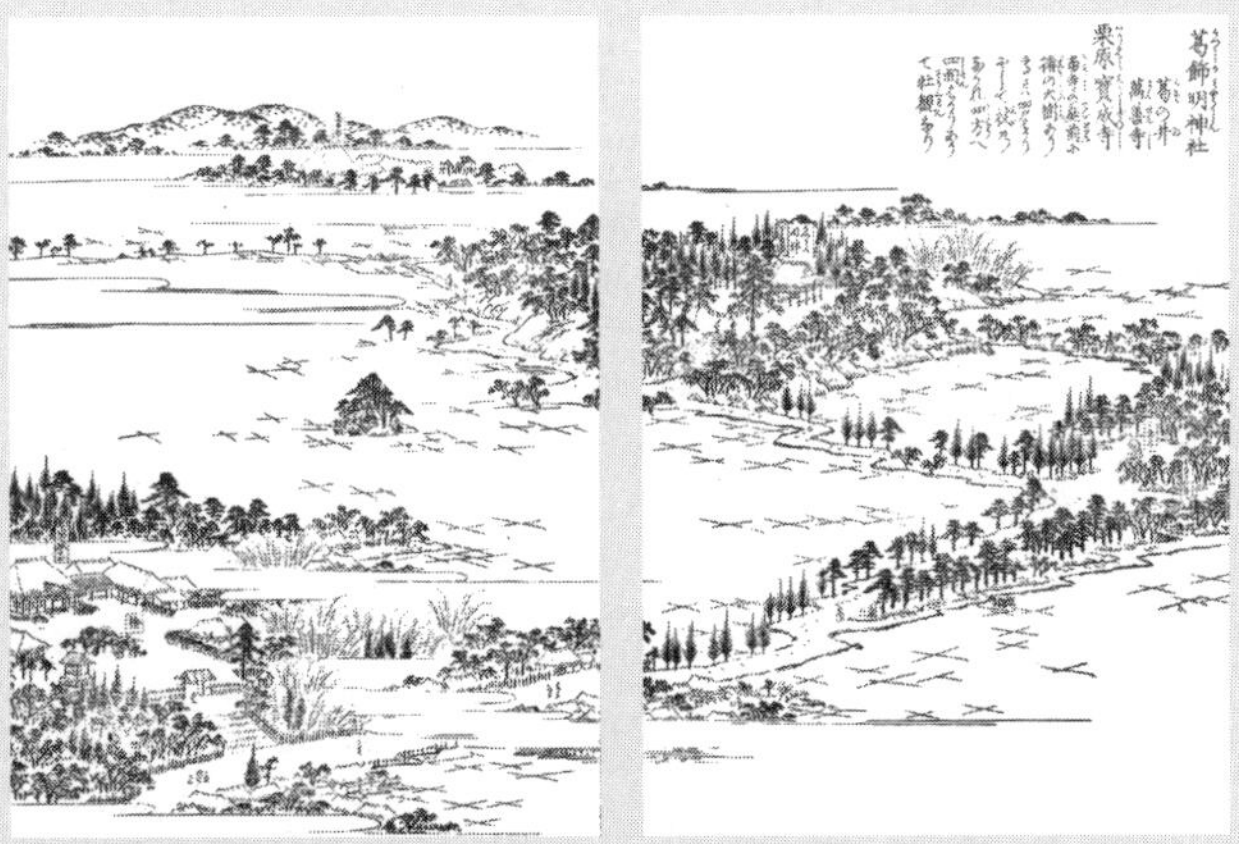

『江戸名所図会』葛飾明神社　葛の井・万善寺　栗原宝成寺

王に授け、それが後水尾天皇へと伝わります。後水尾天皇は、徳川幕府が政権を握った直後に在位した第百八代の天皇で、学問や諸芸、とりわけ和歌に熱心であり、江戸時代の堂上《とうしょう》和歌（公家たちによる和歌）の礎を築きました。歌風は、『古今集』を中心とした平安文学に親近感のある、二条家流の温雅なものです。以降、堂上和歌は江戸時代を通じて一定の権威を保ち続けます。また、この頃の地下《じげ》歌壇（庶民階級の和歌）の歌人としては木下長嘯子《きのしたちょうしょうし》、俳諧や古典研究でも有名な松永貞徳《まつながていとく》、北村季吟《きたむらきぎん》らがいます。江戸の後期になると、地下歌人の活躍が目覚ましくなってきます。その中で最も傑出した人物の一人が、②の歌を詠んだ歌人・賀茂真淵（一六九七〜一七六九）です。真淵は、万葉調の歌風で知られる歌人であり、『万葉集』などを研究した国学者でもあります。ここで設問に即して真淵の歌を見てみましょう。

本歌となった万葉歌の「ひむがしののにかぎろひのたつみえて」という訓は、真淵によって考え出されたものです（『万葉集』の歌は漢字で表記されているため、当時の訓がどうであったのかが問題になってくるのです）。これは、軽皇子《かるのみこ》が亡父・草壁皇子《くさかべのみこ》を阿騎野《あきの》で追想した時に、人麻呂が詠んだ四首の中の一首です。叙景歌ではありますが、亡き皇子を想って重苦しい夜を過ごしていたのだけれど、日の出が近づき、あたりが明るくなることによってなにか救われたように感じる、その心の動きが歌の奥に潜んでいるようです。

また、もう一つの本歌「にほどりの」は、その年の実りに感謝して新しく穫れた稲を神に捧げる新嘗《にいなめ》の祭りを詠んだものです。新嘗の夜には各戸とも神を迎える娘を一人残して、他の者は家の外で夜を明かすということが行われていたのですが、そんな神聖な夜でも恋人に逢わずにはいられない、神罰をも恐れない強い恋心を歌っているのです。

さて、この二首の本歌を真淵はどのように自らの歌に取り込んでいるのでしょうか。まず、「にほどりの葛飾早稲」や「月かたぶきぬ」といった言葉を直接取ることによって、『万葉集』ならではの、古代を感じさせる、ゆったりとして雄大な光景が想起させられます。特に「にほどりの」という枕詞によって呼び起こされる地名「葛飾」には、未開の地であった古代の

もっと読みたい人への読書案内

【研究文献】

『近世堂上和歌論集』（明治書院、一九八九年）、島津忠夫責任編集『和歌文学講座8　近世の和歌』（勉誠社、一九九四年）、林達也『近世和歌の魅力』（NHK文化セミナー・NHK出版、一九九五年）、鈴木淳『江戸和学論考』（ひつじ書房、一九九七年）、揖斐高『江戸詩歌論』（汲古書院、一九九八）、日下幸男『近世古今伝授史の研究　地下篇』（新典社、一九九八年）、白石良夫『江戸時代学芸史論考』（三弥井書店、二〇〇〇年）、田中康二『村田春海の研究』（汲古書院、二〇〇〇年）、岡本聡『木下長嘯子研究』（おうふう、二〇〇三年）、上野洋三『元禄和歌史の基礎構築』（岩波書店、二〇〇三年）、久保田啓一『近世冷泉派歌壇の研究』（翰林書房、二〇〇三年）、鈴木健一『江戸詩歌史の構想』（岩波書店、二〇〇四年）

東国の面影が強く表れています。また、本歌では故人に対する思慕や、恋人への恋情といった強い感情が根底にあったのですが、真淵の歌では、十三夜の月を賞しつつ楽しい時間を過ごすうちに月が沈んでいく時間になったと叙景を中心に詠んでいて、内容自体も悠然としたものになっています。真淵は『万葉集』を本歌取りすることにより、万葉時代の人の精神に同化しようとした歌人です。そうではありますが、この歌にはどこか都会的な洗練された感覚が表れていて、古代と現在が二重写しになったような、江戸時代の歌人ならではの面も見られるように思われます。

江戸時代後期の和歌に強い影響を与えた真淵に師事した門人たちには、楫取魚彦《かとりなひこ》など『万葉集』を重視する県居派、『古今集』を重視する橘千蔭《たちばなちかげ》・村田春海《むらたはるみ》らの江戸派、国学者としての真淵の後継者という立場をとる本居宣長《もとおりのりなが》の鈴屋《すずのや》派という三つの派がありました。また、真淵と同じ時期に、京都で活躍したのが小沢蘆庵《おざわろあん》です。蘆庵ははじめ堂上派の冷泉為村《れいぜいためむら》に学びましたが、のちに伝統にとらわれることなく実感や体験を読む「ただこと歌」を主張します。さらに、真淵の門人以外では、歌の「調べ」を重視した香川景樹《かがわかげき》とその門流・桂園《けいえん》派が大きな勢力をもち、後の明治時代には宮中で桂園派の歌風が採用されるようになります。幕末には地方の歌人の活動も注目され、良寛、橘曙覧《たちばなあけみ》、大隈言道《おおくまことみち》らが独特の歌風で歌を詠んでいます。柳原安子《やなぎはらやすこ》、野村望東尼《のむらもとに》、大田垣蓮月《おおたがきれんげつ》などの女流歌人も活躍しました。

ここで、後期の代表的な歌人の歌を二首あげてみます。

隅田河堤にたちてふねまてば水上とほくなくほととぎす（うけらが花・加藤千蔭）

妹と出でて若菜摘みにし岡崎の垣根恋しき春雨ぞふる（桂園一枝・香川景樹）

江戸時代になり歌人の裾野は格段に広がりました。様々な立場から歌が詠まれることで、和歌はより自由に心情を述べる手段として成り得ていきました。

（田代一葉）

【本文】

日本古典文学大系『近世和歌集』（岩波書店、一九六六年）、上野洋三編『近世和歌撰集集成』全三巻（明治書院、一九八五～一九八八年）、新日本古典文学大系『近世歌文集』上下（岩波書店、一九九六～一九九七年）、新編日本古典文学全集『近世和歌集』（小学館、二〇〇二年）、和歌文学大系（明治書院、一九九七年～）

巻八 狂歌の笑いを知る

問題 ①〜⑤の狂歌は、本歌をパロディーして、どのような「笑い」を創り出しているのでしょうか。

①時鳥《ほととぎす》鳴きつるかたをながむればただあきれたるつらぞ残れる　池田正式《まさのり》

〔本歌〕時鳥鳴きつるかたをながむればただ有明の月ぞ残れる
（千載集・夏・藤原実定、百人一首）

②年の内の春にむまるるみどり子をひとつとやいはんふたつとやいはん　石田未得《みとく》

〔本歌〕年の内に春は来にけりひととせを去年《こぞ》とやいはん今年とやいはん
（古今集・春上・在原元方）

③ひとつとりふたつとりては焼いて食ふ鶉《うづら》なくなる深草の里　四方赤良《よものあから》

〔本歌〕夕されば野辺の秋風身にしみて鶉鳴くなり深草の里
（千載集・秋上・藤原俊成）

④男なら出て見よ雷《らい》に稲光《いなびかり》横に飛ぶ火の野辺の夕立　平秩東作《へずつとうさく》

〔本歌〕春日野《かすがの》の飛火《とぶひ》の野守《のもり》出でて見よいま幾日《いくか》ありて若菜摘みてむ
（古今集・春上・読人不知）

⑤蛤にはしをしつかとはさまれて鴫《しぎ》たちかぬる秋の夕ぐれ　宿屋飯盛《やどやのめしもり》

〔本歌〕心なき身にもあはれは知られけり鴫立つ沢の秋の夕暮
（新古今集・秋上・西行）

巻八

答え

狂歌の「笑い」を作り出す方法は、俗語の使用や、縁語、掛詞などの修辞法に重点を置く言葉に関わるものと、一首から伝わる発想のおもしろさに重点をおく心に関わるものとの二つに大別出来ます。

現代語訳

①時鳥が鳴いた方角を眺めると、姿は無く、ただその鳴き声に唖然とした自分の顔だけが残っていた。

[本歌] 時鳥が鳴いた方角を眺めると、姿は無く、ただ有明の月だけが残っていた。

②年内立春《ねんないりっしゅん》に生まれる赤ん坊を、一歳と言おうか、二歳と言おうか。

[本歌] 年内に再び春が来た。年内のこれまでを去年と言おうか、今年と言おうか。

③一羽獲り、二羽獲っては焼いて食べる。そのため鶉がいなくなる深草の里。

［本歌］夕方になると、野辺の秋風が身に沁《し》みて、鶉が鳴いているのが聞こえる。この深草の里では。

④男なら出て見なさい。雷鳴に稲光、落雷による炎が横に飛び散る野辺の夕立を。

［本歌］春日野にある飛火野《とぶひの》の番人よ、出て見なさい。あと何日で若菜が摘めるだろうか。

⑤蛤に嘴《くちばし》をしっかり挟まれて、鴫が飛び立てない、そんな秋の夕暮れである。

［本歌］心無い身でも哀れは知られるよ。鴫が飛び立つ沢の秋の夕暮れを見れば。

解説

①の狂歌は、池田正式（?～一六七二?）著『狂歌百首歌合《きょうかひゃくしゅうたあわせ》』に収められています。②の狂歌は、慶安二年（一六四九）に成った、石田未得（一五八七?～一六六九）の自撰家集『吾吟我集《ごぎんわがしゅう》』に収められています。③の狂歌は、文化十五年（一八一八）に刊行された、四方赤良（一七四九～一八二三）の自撰家集『蜀山人自筆百首狂歌《しょくさんじんじひつひゃくしゅきょうか》』に収められています。④の狂歌は、天明三年（一七八三）に刊行された、四方赤良と朱楽菅江《あけらかんこう》（一七三八～一七九八）による撰集『万載狂歌集《まんざいきょうかしゅう》』に収められており、平秩東作（一七二六～一七八九）の作です。⑤の狂歌は、天明七年に刊行されたとされる、四方赤良による撰集『狂歌才蔵集《きょうかさいぞうしゅう》』に収められており、宿屋飯盛（一七五三～一八三〇）の作です。

狂歌の「笑い」を創り出す方法としては、俗語の使用や、縁語、掛詞などの修辞法に重点をおく言葉に関わるものと、一首から伝わる発想のおもしろさに重点をおく心に関わるものとの二つに大別できます。もちろん両者を併用する場合もあります。いずれにせよ、狂歌において「笑い」を創り出す行為とは、多かれ少なかれ、和歌の規則や表現世界からの逸脱を伴う行為であると言うことができます。江戸時代の狂歌では、それを意識したためか、「笑い」を創り出す方法の一つとして、有名な古典和歌の一部分の語句を変更し、異なった意味、特に卑俗な世界へと転化させて「笑い」を創り出す、いわば、落差の「笑い」を旨とした本歌《ほんか》取《ど》りといった方法が盛んに行われています。今回の設問の狂歌は、全てこの方法によるものです。

①の狂歌は、「有明の月」を「あきれたるつら」と語呂《ごろ》合わせして、時鳥の鳴いた方角に見えた情景から、不意に時鳥の鳴き声を聞いた人物自身の唖然として間の抜けた顔へと視点を転化させて、「笑い」を創り出しています。

②の狂歌は、年内立春を巧みに詠んでいる本歌とほぼ同じ構造で詠まれています。年内立春とは、陰暦で新年を迎える前に立春になることをいいます。通常立春は新年を迎えた後になります。本歌では、年内立春から見て、年内のそれまでの期間を、同じ年内であるから今年とするか、或は、年内立春を新春（新年）が来たと捉えて、去年とするかと問う形になっています。一方、狂歌では、年内立春に生まれる子供の数《かぞ》え年を、年内であるから一歳とするか、或は、年内立春を新春（新年）が来たと捉え、本当の年内と重複することから、足して二歳とするかと問う形に転化させています。一年の呼称から子供の年齢という、より身近な題材に転化させたところに、「笑い」を創り出していると考えられます。

③の狂歌は、本歌で使用されている「鳴く」を同音異義語である「無く」に捉えなおすことによって再構築し、本歌に備わっていた情趣を台無しにし、俗っぽさを添えて、「笑い」を創り出しています。

④の狂歌は、本歌に詠み込まれた歌枕「飛火野」を、落雷により炎が飛び散る様である「飛ぶ火の」に捉え直し、かつ、歌枕の地での出来事から、一般的な野辺の出来事に再構築し、さらに、若菜摘みができるのを待っているという女性的な歌を、野辺の落雷の様子を男なら

『狂歌三十六仙』

◎右から宿屋飯盛、一人おいて鹿都部真顔。一番左は蜀山人（大田南畝）。

見ろという荒々しい男性的な歌に転化させて、「笑い」を創り出しています。

⑤の狂歌は、本歌に詠み込まれた「鴫」の連想から、「漁夫の利」として知られる『戦国策』「燕策」の故事を踏まえ、鴫と蛤の争いを軸に再構築し、本歌に備わっていた情趣を台無しにし、滑稽な情景へと転化させて、「笑い」を創り出しています。

今回は、便宜上、本歌を逐語訳しましたが、むしろ、江戸時代において、特に①、②の狂歌が詠まれた頃は、そういった解釈は必ずしも一般的ではなく、中世以来の伝統的な和歌注釈に基づき、仏教や儒教などを背景にした解釈が一般的でした。今回の狂歌も、本歌をそのように解釈して比べれば、また一味違った「笑い」の有り様が浮かび上がることでしょう。

狂歌は、おかしみを旨とした和歌で、起源に諸説あるものの、前代から既に存在していました。江戸時代の狂歌の特徴としては、前代までにおける和歌の余技的、かつ従属的な位置づけから脱却し、狂歌自体が目的化され、身分的な枠組みを越えた同好の人々により、集会が催されたり、組織が形成されたりして、特に出版活動へと結実した点にあります。一般に、江戸時代の狂歌は、上方狂歌と江戸狂歌の二つの流れに分類されています。前者は、細川幽斎（一五三四〜一六一〇）の門人であり、俳諧師として著名な松永貞徳《ていとく》（一五七一〜一六五三）の一門を中心に、貞門《ていもん》俳諧の展開と連動しつつ、主に上方で展開された狂歌活動全般を指し、後者は、明和六年（一七六九）頃、江戸の唐衣橘洲《からごろもきっしゅう》（一七四三〜一八〇二）宅で開かれた狂歌会へ参加した四方赤良達を中心に、彼らの多くが関わった戯作活動と連動しつつ、主に江戸で展開された狂歌活動全般を指します。上方狂歌も、江戸狂歌も、まだほとんど研究の進んでいない領域であり、今後の展望としては、相互の関係、或いは、和歌、俳諧、漢詩などとの関係のさらなる解明が期待されます。今回の狂歌では、①、②が上方狂歌、③、④、⑤が江戸狂歌ということになります。

（牧野悟資）

もっと読みたい人への読書案内

【研究文献】
菅竹浦『近世狂歌史』（日新書院、一九四〇年）、粕谷宏紀『石川雅望研究』（角川書店、一九八五年）、西島孜哉『近世上方狂歌の研究』（和泉書院、一九九〇年）

【本　文】
日本古典文学大系『川柳狂歌集』（岩波書店、一九五八年）、鑑賞日本古典文学『川柳・狂歌』（角川書店、一九七七年）、新日本古典文学大系『七十一番職人歌合　新撰狂歌集　古今夷曲集』（岩波書店、一九九三年）、新編日本古典文学全集『黄表紙　川柳　狂歌』（小学館、一九九九年）

巻九 漢詩の流れを知る

問題 ①〜③の漢詩について、それぞれ次のような点を考えてみて下さい。

①「江揺らぎ月湧きて金龍流る」とは、どのような光景なのでしょうか。

②なぜ「隣家に向かふ」のでしょうか。

③なぜ「花落ちて」であるのに、「枝に還る」のでしょうか。
また訓読して、詩全体を訳してみましょう。

① 夜下ル二墨水ヲ一　服部南郭《はっとりなんかく》

金龍山畔江月浮カブ

江揺ラギ月湧キテ金龍流ル
扁舟不レ住マラ天如シレ水ノ
両岸ノ秋風下ル二二州ヲ一

【語注】――［墨水］隅田川（東京都台東区浅草の東側を流れる川）。［金龍山］ここでは、待乳山聖天宮《まつちやましょうてんぐう》のこと。隅田川の西岸にある。［扁舟］小舟。［二州］武蔵と下総の二国をいう。古く隅田川は、二州の境界をなしていた。

② 牽牛花　　六如《りくによ》

井辺ニ移シ種エタリ牽牛花
狂蔓攀ヂテレ欄ヲ横ニ復タ斜メナリ
汲綆ハ無クモレ端被タレバ二渠ニ奪ハ一
近来乞ハントテレ水ヲ向カフ二隣家ニ一

【語注】――［牽牛花］朝顔。［井辺］井戸端。［狂蔓］乱れ進むつる。［汲綆］釣瓶縄。［渠］彼。ここでは朝顔のこと。

③ 蝶　　菅茶山《かんちやざん》

衝風触レ二花樹ニ一
花落チテ撲ツ二吟榻ヲ一
一片忽チ還ルレ枝ニ
知ランヤ他ノ是レ蝴蝶ナルヲ

【語注】――［衝風］突風。［吟榻］詩作のための椅子。［蝴蝶］蝶。

巻九

答え

①月光が川波に揺れて輝くさまを、まるで黄金の龍が泳いでいるかのようだと言っています。

②水を汲むには釣瓶縄に巻きついた朝顔の蔓を切らねばならず、仕方なく隣の家に水をもらいに行くのです。

③花びらだと思ったのは蝶だったのです。

訓読・現代語訳

① 夜　墨水を下る　　服部南郭

金龍山畔《きんりゅうさんぱん》　江月浮かぶ
江揺らぎ　月湧きて　金龍流る
扁舟《へんしう》住《とど》まらず　天　水の如し
両岸の秋風　二州を下る

夜、墨水を下る

金龍山のふもとを墨水は月を浮かべて流れていく。川波がゆらぎ、月が湧きだし、黄金の龍が流れている。私の乗った小舟はとどまることなく、大空は澄み切っていて水のように清明な世界を、両岸を吹きわたる秋風の中、武州と総州の二州を下っていく。

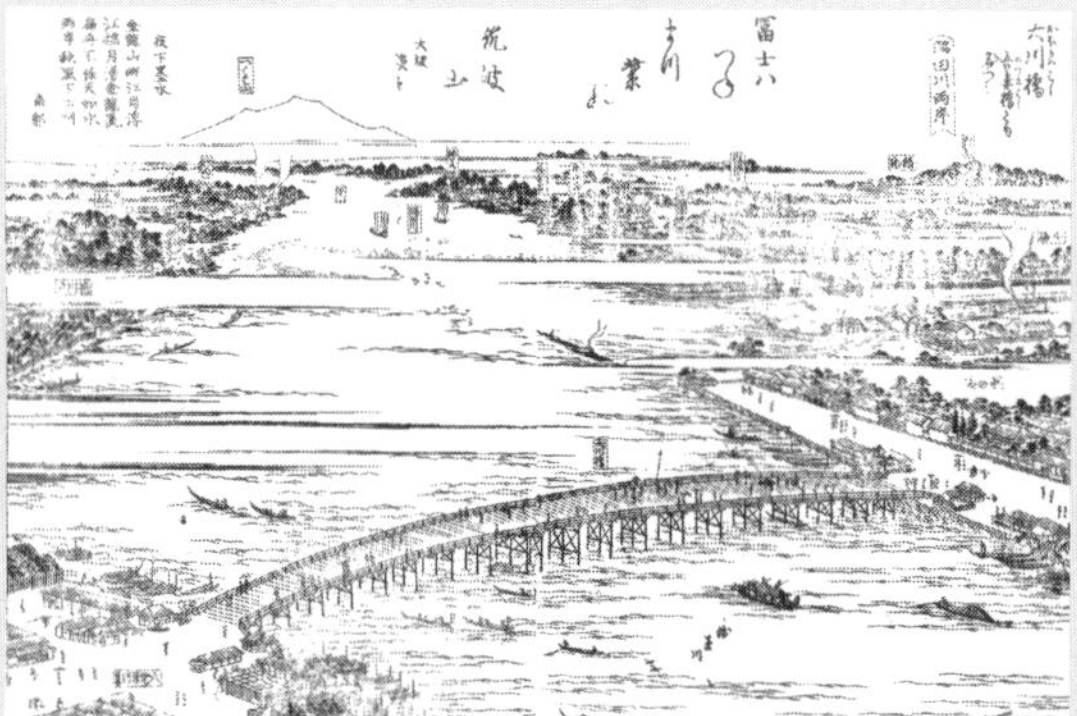

『江戸名所図会』大川橋

②
牽牛花《けんぎうくわ》　六如

井辺《せいへん》に移し種《う》ゑたり　牽牛花
狂蔓《きやうまん》　欄《らん》を攀《よ》ぢて　横に復た斜めなり
汲綆《きふかう》は　端《はし》無くも　渠《かれ》に奪はれたれば
近来　水を乞はんとて　隣家に向かふ

牽牛花

井戸のほとりに移し植えた朝顔は、蔓がどんどん伸びて、井戸の枠をよじ登り、横へ斜めへと這っていく。釣瓶縄は、思いがけずも彼に奪われ、近ごろでは水をもらいに、隣の家に行く始末だ。

③
蝶《てふ》　菅茶山

衝風《しょうふう》　花樹《くわじゅ》に触れ
花落ちて　吟榻《ぎんとう》を撲《う》つ
一片《いっぺん》　忽《たちま》ち枝に還る
知らんや　他の是れ蝴蝶なるを

蝶

突風が花をつけた木に吹き付けると、詩作のために私が座っていた椅子に花が落ちてくる。そのひとひらが急に枝に舞い戻っていく。まさかそれが蝶であるとは、誰が気づこうか。

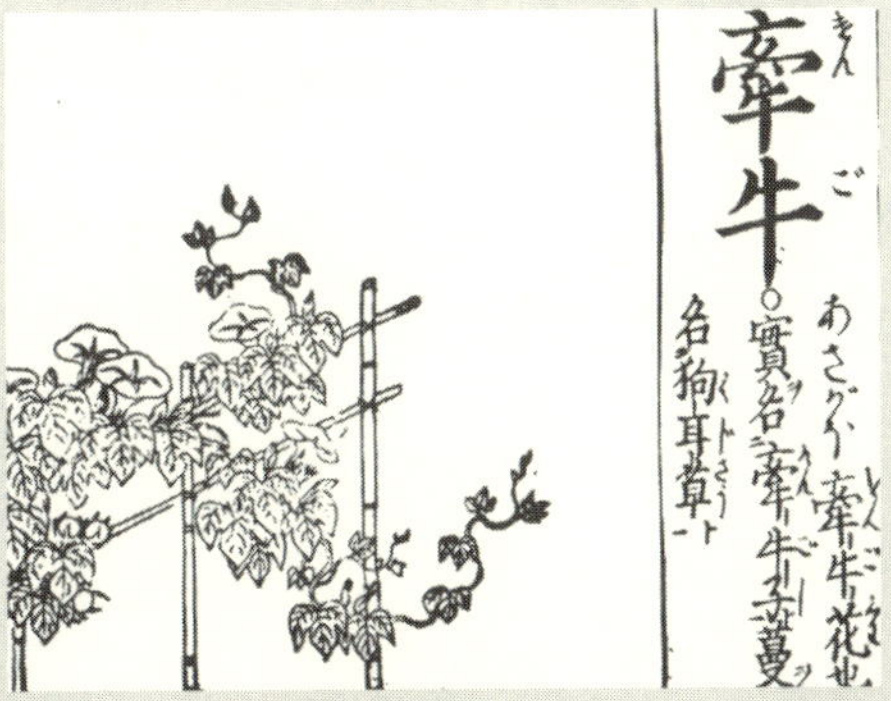

『訓蒙図彙』牽牛花

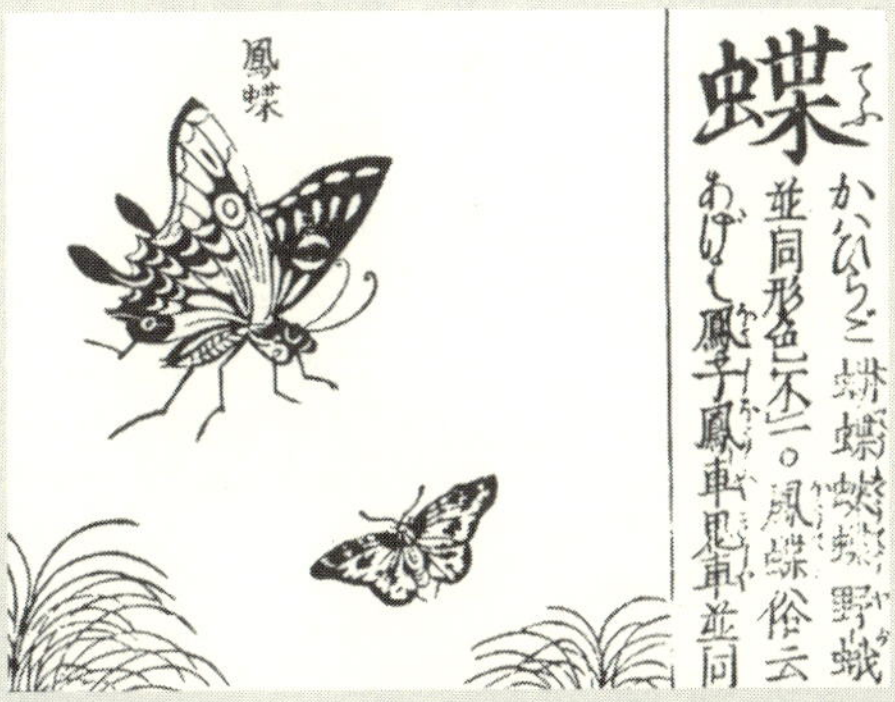

蝶

江戸時代における漢詩の流れは、中国の漢詩を模倣して典故を多用する擬古主義から平易なことばで、日常生活を題材に自らの心情を詠み込む体験主義へという大きな転換を迎え、より「日本化」「大衆化」したと言われています。

まず擬古主義の代表的な詩人として、一首目の服部南郭（一六八三〜一七五九）がいます。彼は、二十四歳のころ、荻生徂徠《おぎゅうそらい》に入門して古文辞学《こぶんじがく》を修め、『唐詩選《とうしせん》』の和刻本を校訂し、唐詩重視の詩風の定着に大きく貢献した人です。今回取り上げる「夜、墨水を下る」は、『江戸名所図会《ずえ》』七の「大川橋（吾妻橋）」の挿絵の賛にも用いられ、南郭の詩の中で最も知られたものの一つです。月夜、隅田川を下る舟から外を見れば、川面に映った月影が、波によって揺れているのが見えます。南郭は、今、舟が待乳山聖天宮のほとりを通過していることから、聖天宮の異称「金龍山」に因み、月光が波に揺れて輝くさまを龍のうろこに見立て、まるで黄金の龍が泳いでいるかのようだと言っているのです。ところで、この二句目の「月湧きて」という表現は、杜甫《とほ》の「旅夜書懐《りょやしょかい》」に「星は平野に垂《た》れて闊《ひろ》く、月は大江に湧きて流る」（『唐詩選』三）を踏まえたものです。南郭は、この詩句を借りることで、杜甫が旅先で見た、一面の星空と月光をあびて輝く長江の雄大な流れを、目前の隅田川の光景に重ね合わせて見ているのです。そして、南郭の詩を読んだ人々も、「月湧きて」のことばから杜甫の詩に詠み込まれたような情景を思い浮かべたことでしょう。このように、詩人と読者が共通の詩句を連想し共感し合うところに、擬古的な詩のおもしろさがあります。また、過去の詩人たちの詩句をそのまま用いるのではなく、それを踏まえていかに新しい世界を表現できるかというところに、詩人たちの腕の見せ所があるのです。この場合は、川面に映る月光を黄金の龍のうろこに見立てたところに、南郭の発想の新しさがあります。

やがて、擬古主義の詩に対し、詩人たちの日常に即した詩を重んじる人々が登場します。その中に、六如や菅茶山がいます。

もっと読みたい人への読書案内

【研究文献】

富士川英郎『江戸後期の詩人たち』（麦書房、一九六六年。のち、筑摩書房、一九七三年）、中村真一郎『江戸漢詩』（岩波書店、一九八五年）、徳田武『江戸詩人伝』（ぺりかん社、一九八六年）、山岸徳平『近世漢文学史』（汲古書院、一九八七年）、高橋博巳『京都藝苑のネットワーク』（ぺりかん社、一九八八年）、揖斐高『江戸詩歌論』（汲古書院、一九九八年）、池澤一郎『江戸文人論』（汲古書院、二〇〇〇年）、堀川貴司『瀟湘八景』（臨川書店、二〇〇二年）、杉下元明『江戸漢詩』（ぺりかん社、二〇〇五年）、『日野龍夫著作集』第一巻（ぺりかん社、二〇〇五年）

郵 便 は が き

料金受取人払郵便

神田支店
承認

3455

差出有効期間
平成 25 年 2 月
6 日まで

101-8791

504

東京都千代田区猿楽町 2-2-3

笠間書院 営業部 行

■ 注 文 書 ■

◎お近くに書店がない場合はこのハガキをご利用下さい。送料 380 円にてお送りいたします。

書名 冊数

書名 冊数

書名 冊数

お名前

ご住所 〒

お電話

読　者　は　が　き

●これからのより良い本作りのためにご感想・ご希望などお聞かせ下さい。
●また小社刊行物の資料請求にお使い下さい。

この本の書名＿＿＿＿＿＿＿＿＿＿＿＿＿＿＿＿＿＿＿＿＿＿＿＿

本はがきのご感想は、お名前をのぞき新聞広告や帯などでご紹介させていただくことがあります。ご了承ください。

■本書を何でお知りになりましたか（複数回答可）

1. 書店で見て　2. 広告を見て（媒体名　　　　　　　　　　　　）
3. 雑誌で見て（媒体名　　　　　　　　　　　）
4. インターネットで見て（サイト名　　　　　　　　　　）
5. 小社目録等で見て　6. 知人から聞いて　7. その他（　　　　　　　　　　　）

■小社PR誌『リポート笠間』（年1回刊・無料）をお送りしますか

はい　・　いいえ

◎上記にはいとお答えいただいた方のみご記入下さい。

お名前

ご住所　〒

お電話

ご提供いただいた情報は、個人情報を含まない統計的な資料を作成するためにのみ利用させていただきます。個人情報はその目的以外では利用いたしません。

六如（一七三四〜一八〇一、法名は慈周《じしゅう》、六如は字）は、天台宗の僧侶で、日常を題材にした平明な詩を詠じた詩人たちの中で、その先駆けと言える人です。井戸端に植えた朝顔の蔓は縦横無尽に伸びて、とうとう井戸の釣瓶まで達してしまいます。水を汲むためには、その蔓を切らなければなりません。しかし、作者はそうするのをかわいそうだと思って、井戸の釣瓶を朝顔に譲り、仕方なく隣の家に水をもらいに行くのです。そこには、朝顔の生長を喜びつつも、他の人の家に水をもらいに行かなければならなくなった自分の状況を苦笑する気持ちが込められています。また、この詩は「朝顔につるべ取られて貰《もら》ひ水」（千代女《ちよじょ》）という俳諧を翻案したものだと言われています。しかし、二句目の我が物顔で伸びる蔓の様子や四句目の「端無くも」という作者の驚きからは、朝顔の生命力の旺盛さが感じられ、単なる俳諧の翻案ではなく漢詩というジャンルからの新しい捉え直しがなされているのです。

次に、菅茶山（一七四八〜一八二七）は、備後（岡山県）で黄葉夕陽村舎《こうようせきようそんしゃ》という塾を開き、身辺に取材した漢詩を数多く詠んでいます。この「蝶」の詩でも、彼の日常生活における観察力の鋭さが発揮されています。突風によって花が散らされ、詩作のために椅子に座っている作者のところにも、その花びらが落ちてきたのでしょう。すると、そのひとひらが枝に舞い戻ったかのように見えます。しかし、よく見ると、それは花びらではなく蝶だったのです。四句目の「知らんや」という表現によって、誰がそれに気づこうかと、小さな発見を喜ぶ作者の姿が微笑ましく感じられます。

六如の詩も茶山の詩も、南郭の詩のような中国の古典を踏まえた表現はあまりみられませんが、日常の些細な出来事や発見を題材とすることで、より作者の実感のこもった詩になっています。

（壬生里巳）

【本　文】

日本古典文学大系『五山文学集　江戸漢詩集』（岩波書店、一九六六年）、江戸詩人選集（岩波書店、一九九一〜九三年）、江戸漢詩選（岩波書店、一九九五〜九六年）、新編日本古典文学全集『日本漢詩集』（小学館、二〇〇二年）

巻十　大田南畝の狂詩のパロディを知る

問題　次の大田南畝《おおたなんぽ》の狂詩は、『唐詩選』の「人に答ふ」という詩のパロディです。どのような点に「笑い」が生じているのでしょうか。

◎大田南畝『通詩選笑知《つうしせんしょうち》』

誘フレ人ヲ　　大通隠居

偶《たまたま》来タッテ二松葉屋ニ一

双《ベル》レ枕《ヲ》三蒲団《みつぶとん》
閨中《けいちう》無《シ》二飽《ク》事一
夜明《クレドモ》不レ知《ラ》レ寒《ヲ》

【語注】――【松葉屋】吉原の遊女屋。【三蒲団】三枚重ねの敷き布団。上級の遊女が使用する。

◎『唐詩選』

答人　太上隠者

偶来《リ》二松樹《ノ》下《ニ》一
高《クシテ》レ枕《ヲ》石頭《ニ》眠《ル》
山中無《シ》二暦日一
寒尽《クレドモ》不レ知《ラ》レ年《ヲ》

【訳】――ふとやって来た松の木のもと、石を枕にして安眠する。山中の生活には暦もなく、寒気が尽き春になっても、今年が何年だったか知りもしない。

巻十

答え

「人を誘ふ」の面白さは、もとの漢詩そっくりの堅苦しい表現を用いながら、吉原遊廓での遊びという全く異なる卑近な題材を詠んでいる点にあります。

解説

『唐詩選』は唐代の詩をあつめた詞華集です。六十七首の五言律詩、七十三首の七言律詩、七十四首の五言絶句、一六五首の七言絶句などを収録します。「白髪三千丈、愁に縁《よ》りて箇《かく》の似《ごと》く長し」とうたう李白「秋浦歌《しゅうほか》」や、「春眠　暁を覚えず」とうたう孟浩然《もうこうねん》「春暁」、「江碧《みどり》にして鳥　逾《いよいよ》白く、山青くして花然《も》えんと欲す」とうたう杜甫「絶句」などは良く知られているでしょう。江戸時代を通じて最も広く読まれた書物の一つです。

大田南畝（一七四九～一八二三）は、狂詩や狂歌、戯作などに有名な作品を多数残した才人ですが、この人に『通詩選笑知』『通詩選』『通詩選諺解《げんかい》』という三部作があります。いずれもこの『唐詩選』のパロディです（「通」とは江戸時代、遊びなどに良く通じた人を指す言い方です）。ここにあげた「人を誘ふ」をおさめる『通詩選笑知』は、『唐詩選』のうち五言絶句の部のパロディで、天明三年（一七八三）に刊行されました。

「人を誘ふ」の面白さは、もとの漢詩そっくりの堅苦しい表現を用いながら、まったく異なる卑近な題材を詠んでいる点にあります。まず作者名からして「太上隠者」という高雅な名前をもじって「大通隠居」。「通」については前述しましたが、「隠者」が「隠居」と変わってしまうことで、一気に「御近所の御隠居」といった風情になります。

原詩の起句は「偶《たまたま》松樹の下に来たり」、『通詩選笑知』は「偶《たまたま》松葉屋に来たり」。御丁寧に「偶来松…」まで一致しますが、

〔語注〕に書いたように「松葉屋」は吉原遊廓にあった女郎屋の店名ですから（江戸町一丁目。現在の江戸一通り）、よく似た表現を用いつつ全然別の内容になっています。ことに、性という卑俗な題材を扱っているので、一層笑いが生じるでしょう。

承句も原詩が「枕を高うして…」という高尚な表現であるのに対して、『通詩選笑知』は「枕を双べる…」とエロティックな詠みぶりになります。転・結句も原詩では「山中　暦日無し。寒尽くれども年を知らず」という、隠者らしい風流な様子が詠まれているのに対し、『通詩選笑知』では抱き合って寝ていると寒くない、というのですから、随分滑稽な内容といえます。

ここで、一つ注意しておきたいことがあります。図①は伊藤若冲の「果蔬涅槃図」（野菜涅槃図とも）です。これも一種の「パロディ」ですが、これを見て面白いと感じるのは、図②のような構図を知っている人（こういう人をAタイプとします）に限られます。

一方、図②の構図を知らない人をBタイプとします。Bタイプの人は図①を見ても、どこがおかしいのかわからないでしょう。

ではBタイプの人が図①を見たあとで、図②を知ったとします。その場合には図①のおかしさが理解できるはずです。しかし、そういった手続きを経たうえで図①を見たBタイプの人が感じるおかしさは、はじめから図②の構図を知っていたAタイプの人が最初図①を見たときに感じたおかしさの、おそらく何分の一かに過ぎないのではないでしょうか。

『通詩選笑知』と『唐詩選』の関係についても同じことがいえます。説明されたうえで理解できるおかしさは、はじめから原詩を知っていた人が最初に狂詩を読んだとき感じたおかしさの数分の一に過ぎないでしょう。江戸時代、『通詩選笑知』の読者は、ここで述べたような説明をされるまでもなく、この狂詩をもとの漢詩と比較して楽しむことができたわけです。今日の読者よりもはるかに漢詩文というものに親しんでいたといえます。

もう一例あげましょう。原詩は耿湋《こうい》の「秋日」。

返照入閭巷　　返照　閭巷《りょかう》に入《い》り

図①
伊藤若冲
『果蔬涅槃図』

図②
道益筆
『涅槃図』
江戸時代初期
寛永頃

憂来誰共語　憂来《うれへ》たりて誰《たれ》と共にか語らん
古道少人行　古道　人の行くこと少《まれ》に
秋風動禾黍　秋風　禾黍《くわしよ》を動かす

これが狂詩では、山の神（奥さん）が芝居見物に行ったあと、人けのない土蔵で主人が下女を手込めにしようとする様子に変わってしまいます。現代ならば裁判ざたになる破廉恥な行為ですが。

　　主従
山神遣芝居　山の神　芝居に遣り
独残誰共語　独り残つて誰と共にか語らん
土蔵少行人　土蔵　行く人少なり
臭風犯下女　臭風　下女を犯す

ここでも、もとの漢詩そっくりの堅苦しい表現を用いつつまったく違った光景が詠まれていること、特に性という滑稽な題材が扱われていることが知られます。

ちなみに芭蕉に「この道や行く人なしに秋の暮」という句があります。この句は先に引用した詩の「古道　人の行くこと少に／秋風　禾黍を動かす」をヒントにしているといわれます。

狂詩から離れた話になりますが、貞享元年（一六八四）、江戸を発って生まれ故郷の伊賀に向かった芭蕉は「秋十年《ととせ》却つて江戸を指す故郷」と詠みました。本当の故郷は伊賀であるけれど、十年も江戸で暮らしていると、こちらも第二の故郷のように思われてくるよ、という句ですが、この発想のもとになったのも漢詩でした。賈島《かとう》の作とされる「桑乾《そうかん》を渡《わた》る」（『聯珠詩格』）は次のような詩です。

　客舎并州已十霜　并州《へいしう》に客舎《かくしや》して已《すで》に十霜《じつさう》
　帰心日夜思咸陽　帰心日夜　咸陽《かんやう》を思ふ
　如今又渡桑乾水　如今また桑乾の水を渡り
　却指并州是故郷　却つて并州を指せば是れ故郷

もっと読みたい人への読書案内

【研究文献】

『岩波講座／日本文学史　第十巻』（岩波書店、一九九六年）、斎田作楽『狂詩書目』（青裳堂書店、一九九九年）、『日野龍夫著作集　第三巻／近世文学史』（ぺりかん社、二〇〇五年）

Note

「并州の旅ずまいもすでに十年。生まれ故郷の咸陽に帰りたいと日夜思いつづけていた。今回さらに北に向かい桑乾の川をわたることになったが、今度は并州が故郷のように思われてきた」という詩です。ふるさとを離れて十年も経つとそこが第二の故郷に思われてくるという芭蕉の発想は、この詩から得られたのです。

のち一茶が「行くな雁二十日も居れば是れ故郷」（享和四年・一八〇四）と詠んでいるのも、同じ詩に基づきます。（十年といわず）たった二十日でも日本にいれば、ここがお前の故郷なのだから、北へ去ることはないじゃないか、と渡り鳥に呼びかけた句です。唐代の詩は狂詩だけでなくいろいろな形で江戸時代の作品に影響を与えたのですが、その一斑が窺えるでしょう。

『通詩選笑知』は『通詩選』『通詩選諺解』とあわせて太平書屋から影印が出ており、翻刻も『大田南畝全集』第一巻（岩波書店）に収録しますが、現代人には注がないとやや分かりづらい。『新日本古典文学大系』第八十四巻（岩波書店、一九九三年）の注を頼りに読んでみると、或る程度おかしさが伝わってくるはずです。

（杉下元明）

醒睡笑

巻十一

落語の元祖、江戸の笑話集の笑いを知る

問題

次の文章は、安楽庵策伝《あんらくあんさくでん》が編集した笑話集『醒睡笑《せいすいしょう》』中の一話です。

この親子の会話のなかで、どのような点に「笑い」があるのでしょうか。

六十ばかりのいかにも分別かしこ顔の禅門《ぜんもん》、わが子に材木の注文書

かするとて、「先《まづ》『材木の事』と口にかけ」とこのむ。その時、むすこ、「材の字、何《なに》と書き申すぞ」といへば、「まづ、木へんに書け」。「さて、つくりは」と問へば、「つくりは仮名で書け」というた。あげくに、「それほど鈍《どん》では、何事も成るまい」と申された。

【語注】
［禅門］隠居して坊主になった人。
［口］冒頭。
［このむ］言い付ける。

巻十一

答え

父親は自分でもつくりが思い出せなかったというのが、まず第一の「笑い」です。つづいて、自分ができなかったことは棚に上げておいて、そんなことでは将来が案じられるぞと息子を叱るところが第二の「笑い」なのです。

現代語訳

六十歳くらいの、いかにも分別がありそうな顔をした禅門が、わが子に材木の注文書きをさせようとして、「まず『材木の事』と冒頭に書け」と言い付けた。その時、息子が「材の字はどのように書くのか」と言うと、「まず木へんを書け」。「それでは、つくりの方は」と問うと、「つくりは仮名で書け」と言った。その挙げ句に、「そんなに鈍では何事もうまく行くまい」と言った。

『醒睡笑』は、京都所司代板倉重宗《いたくらしげむね》の勧めによって、元和九年（一六二三）、安楽庵策伝（一五五四〜一六四二）が七十歳の時に成り、寛永五年（一六二八）、重宗に献呈されました。策伝は、六十歳の時、京都誓願寺の五十五世法主となり、六十六歳の時には紫衣を勅許されています。

ここに収められた笑話は、それまで説教のために策伝が用いていた話を編集したものと言われています。策伝の序文にも「小僧の時より、耳にふれておもしろくをかしかりつる事を、反古の端にとめ置きたり」とあります。

本書は現在の落語の祖と見なされ、江戸の笑話集として最も代表的なものの一つと言ってよいでしょう。そこに繰り広げられる笑いの特質の一つに「『知』を装う『無知』への哄笑」（林達也「軍記・雑談・戯言」〈『日本文芸史』第四巻・近世、河出書房新社、一九八八年〉）ということが指摘されていますが、ここで挙げた話などは、その典型と言えるでしょう。

父親は息子に「材木の事」というふうに書けと命じますが、息子は「材」という字が書けません。そこで、父親に尋ねるわけですが、父親は自分でもつくりが思い出せなかったというのが、まず第一の「笑い」です。つづいて、自分ができなかったことは棚に上げておいて、そんなことでは将来が案じられるぞと息子を叱るところが第二の「笑い」なのです。

他にも、本書には次のような話があります。これも、どんな「笑い」なのか、考えてみて下さい。

老父あり。たださへ霞む目元の暮れ方に、二階より降りんとする。下に息子の居けるを客人かと思ひ、ひたもの慇懃《いんぎん》に請《しやう》じけり。後に「私で候」と申せば、「そちとは始めより我も知りたれど、わがやうなる公界《くがい》知らずには、ちと仕付《しつけ》を教へんとて、それに言うたよ」と。

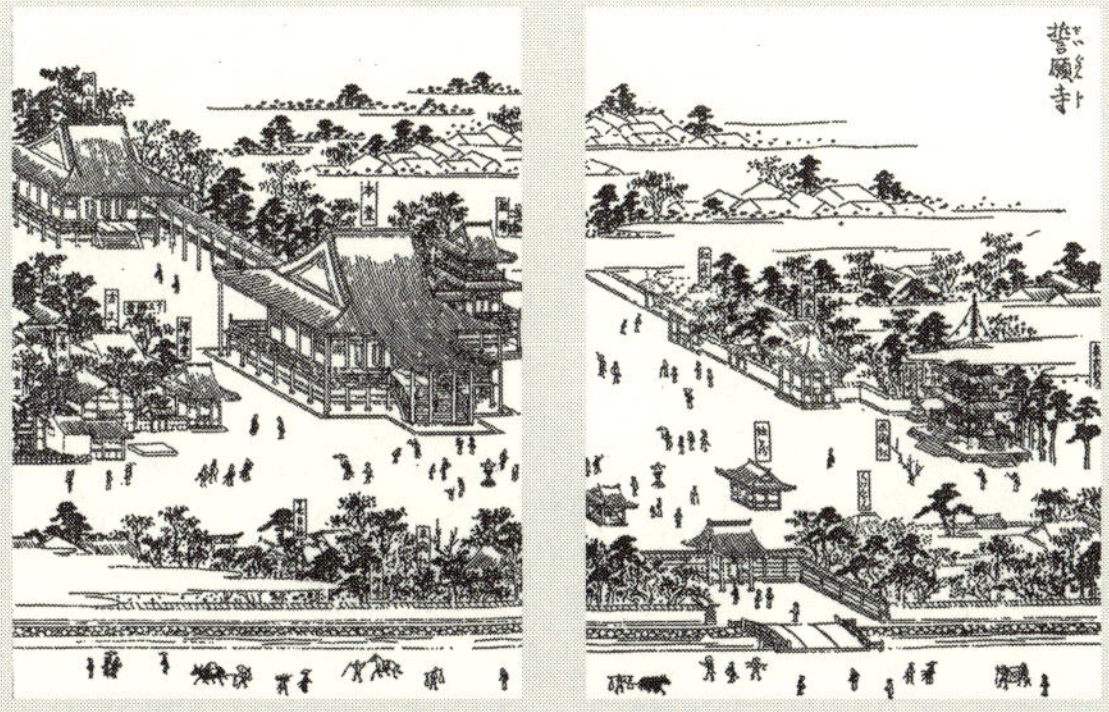

策伝が法主をつとめた誓願寺

◎一遍上人がこの寺を訪れた際、和泉式部の霊が現れて問答したという伝説もあります。江戸時代には歓楽地として賑わいました。図版は『都名所図会』に描かれたもの。現在、寺は京都市中京区新京極桜ノ町にあります。

◎【語注】
○【ひたもの慇懃に請じけり】ひたすら丁寧に請い招いた。
○【わがやうなる】おまえのような。
○【公界知らず】世間知らず。○【仕付】躾。礼儀作法。

年取った父は目も衰えていて、一階にいる息子を二階から見て、客人だと勘違いしてしまいます。それで「ひたもの慇懃に請じけり」なわけですね。ところが、あとで「あれは私ですよ」と息子に言われると、自分が間違えたのを認めるのが悔しいものですから、「そんなこと最初からわかっていたけど、おまえに礼儀作法を教えてやろうと思って、そうしたんだぞ」などと弁解してしまうのです。困ったというより、ちょっとかわいい感じのお父さんですね。少なくとも話の登場人物としてながめている分には。

ところで、この『醒睡笑』は、通例、仮名草子というジャンルの一作品とされます。この仮名草子についても、少し説明しておきます。

仮名草子というのは、江戸時代初頭から天和二年（一六八二）に井原西鶴の『好色一代男』が登場するまでの時期に行われた散文類の総称です。

その大きな特徴のひとつとして、娯楽性が挙げられます。そもそも、江戸初期においては、貴人の御伽衆《おとぎしゅう》と称される人々―主に連歌師・医者・僧侶―が主人の退屈を慰めるため生み出したものが結果的に刊行された場合も多いのです。この『醒睡笑』などの笑話集はその典型です。同じく貴人の周辺で作成されたものとして、『犬枕』などの擬古物があります。その他『信長記《しんちょうき》』『太閤記《たいこうき》』などの軍記類も御伽衆の手になるものです。

それ以外にも、『恨之介《うらみのすけ》』『薄雪《うすゆき》物語』などの恋愛物、『竹斎《ちくさい》』などの遍歴物、『伽婢子《おとぎぼうこ》』などの怪奇物、『清水《きよみず》物語』『二人比丘尼《ににんびくに》』などの啓蒙教訓物があり、仮名草子の範囲はきわめて多岐にわたっています。

出版の発達や庶民生活の向上などにより、作者層も、御伽衆的な人々から学者・武士・僧侶ら知識階級全般へと移行していきました。

（鈴木健一）

もっと読みたい人への読書案内

【研究文献】
鈴木棠三『醒睡笑研究ノート』（笠間書院、一九八六年）、関山和夫『安楽庵策伝和尚の生涯』（法蔵館、一九九〇年）、岡雅彦「『醒睡笑』その説教臭と風流心」（「リポート笠間」、一九七六年十二月）

【本　文】
岩波文庫（一九八六年）、『江戸笑話集』（ほるぷ出版、一九八七年）、『醒睡笑　静嘉堂文庫蔵―本文・索引編』（笠間書院、一九八二・九八年）、『寛永版醒睡笑』（笠間書院、一九八三年）

Note

遍歴物の仮名草子『竹斎』

◎藪医者・竹斎の道中を滑稽に描いたこの作品は道中記物の先駆的作品として模倣作が続出しました。

『伽婢子』「牡丹灯籠」の挿絵

◎荻原新之丞が弥子と浅茅に出会う場面。

巻十二 西鶴の浮世草子を知る

好色一代男

問題

次の文章は、井原西鶴《いはらさいかく》が著した浮世草子『好色一代男《こうしょくいちだいおとこ》』の一節です。傍線部「それこそ女郎の本意なれ」とは、具体的に遊女吉野のどのような行為を指しているのでしょうか。

「都をば花なき里になしにけり、吉野は死出《しで》の山にうつして」と、ある人の読《よ》めり。なき跡まで名を残せし太夫《たゆう》、前代未聞《みもん》の遊女なり。いづれをひとつ、あしきと申すべき所なし。情《なさけ》第一深し。こゝに七条通《どほり》に、駿河守金綱《するがのかみきんつな》と申す小刀鍛冶《こがたなかぢ》の弟子《でし》、吉野を見初《みそ》めて、人しれぬ我が恋の関守《せきもり》は宵々毎《よひくごと》の仕事に打ちて、五十三日に五十三本、五三《ごさん》のあたひをためて、いつぞの時節を待てども、魯般《ろはん》が雲のよすがもなく、袖の時雨《しぐれ》は神かけて、これぱかりは偽《いつはり》なし。吹革祭《ふいごまつり》の夕暮に立ちしのび、「及ぶ事のおよばざるは」と、「身の程いと口惜《くちを》し」と嘆くを、ある者太夫にしらせければ、「その心入れ不便《ふびん》」と偸《ひそ》かに呼び入れ、こゝろの程を語らせけるに、身をふるはして前後を忘れ、うそよごれたる顔より泪《なみだ》をこぼし、「この有難き御事いつの世にか。年頃の願ひもこれまで」と、座をたつて逃げてゆくを、袂《たもと》引きとゞめて、灯《ともしび》を吹きけし、帯もとかずに抱《だ》きあげ、「御望みに身をまかす」と、色々《いろ〳〵》下より身をもだえても、かの男気をせきて、勝間木綿《こつまもめん》の下帯《したおび》とき懸《か》けながら、「誰やらまゐる」と起きるを引きしめ、「この事なくては、夜が明けても帰さじ。さりとは其方《そなた》も男ではないか。吉野が腹の上に適々《たま〳〵》あがりて、空《むな》しく帰らるゝか」と、脇《わき》の下をつめり、股《もゝ》をさすり、首すぢをうごかし、弱腰《よわごし》をこそぐり、日暮《ひぐれ》より枕を定め、やう〳〵四《よ》つの鐘のなる時、どうやらかうやらへの字なりに埒《らち》明けさせて、その上に盃《さかづき》までして帰す。

揚屋《あげや》よりとがめて、「これはあまりなる御仕方《しかた》」と申せば、「けふはわけ知りの世之介《よのすけ》様なれば何隠すべし。各《おの〳〵》の科《とが》には」と申すうちに夜更《よふ》けて、「介《すけ》さまの御越《こ》し」と申す。太夫只今《たゞいま》の首尾《しゅび》を語れば、「それこそ女郎の本意《ほんい》なれ。我見捨てじ」と、その夜俄《にはか》に揉《も》み立て、吉野を請《う》け出《だ》し、奥さまとなる事、そなはつて賤《いや》しからず。

【語注】

［都をば花なき里になしにけり］ 灰屋紹益《はいやしょうえき》『にぎはひ草』所載の吉野の死を悼んで詠まれた歌。紹益は富豪で、寛永八年（一六三一）八月に吉野を正妻にした。**［吉野］** 六条三筋町《みすじまち》、林与次兵衛抱えの太夫で二代目。身分の低い客をとったために退廓。後に紹益の妻になった。**［死出の山］** 冥土《めいど》にあるという険しい山で、亡者が最初に遭遇する責苦の場。**［小刀鍛冶］** 当時は太夫を買うことができない身分だった。**［人知れぬ我が恋の関守は］**「人しれぬ我が通ひ路の関守は宵々ごとにうちも寝ななむ」（『伊勢物語』五段）による。**［五三のあたひ］** 太夫の揚げ代。『好色訓蒙図彙《こうしょくきんもうずい》』に「六条に三筋町ありて、第一の女郎を五十三匁《もんめ》にさだめて、五三ともいひ」とある。**［魯般が雲のよすがもなく］**「雲に梯」（及ばぬことをさらに強めた表現。楚王が宋を攻めた際に魯般に雲梯という長い梯子を作らせた故事による（『淮南子《えなんじ》』）。**［袖の時雨は神かけて、これぱかりは偽りなし］**「時雨」・「偽り」は縁語。**［吹革祭］** 十一月八日に伏見稲荷神社で行われる御火焼《おほたき》のこと。この日は細工職人の休日であり、廓《くるわ》（島原）の紋日《もんび》でもある。**［及ぶ事のおよばざる］** 太夫は身分の低い客とは逢ってはならないとされた。そのため、小刀鍛冶は身分の低さを悔しく思っている。**［うそよごれたる］** 薄汚れた。**［勝間木綿の下帯］** 勝間木綿は、摂津国勝間村（現大阪市西成区玉出）産の上質な木綿。太夫に逢う際は、さらに高級な縮緬《ちりめん》の褌《ふんどし》を着用するものとされた。**［弱腰］** 腰の左右のくびれた部分。**［四つ］** 午後十時。**［への字なりに］** まがりなりに。平仮名の「へ」が、漢数字の「二」を曲げたような形であるところからいう。**［わけ知り］** 遊里の事情によく通じていること。粋人。**［首尾］** 一部始終。**［本意］** あるべき姿。

巻十二

答え

遊女吉野がひたむきな小刀鍛冶の熱意に応えるために、身分の低い客をとってはいけないという廓の掟を破って、ひそかに招き入れ、太夫である自分を前に物怖《ものお》じする小刀鍛冶の思いを遂げさせたという臨機応変《りんきおうへん》な行為を指しています。

現代語訳

吉野が亡くなったことは、まるで桜の名所吉野山を死出の山に移したようで、都を花のない里にしてしまったようだとある人が詠んだものだった。吉野とは、亡くなった後まで名を残した太夫で、前代未聞のすぐれた遊女である。なに一つとして悪いところがなく、とりわけ情が深かった。

ここ京の七条通に、駿河守金綱という小刀鍛冶の弟子がいたが、吉野に一目惚れし、人知れず恋に心を燃やしながら、毎夜仕事に打ち込み、五十三日で五十三本の小刀を打って、五十三匁という遊女の揚代を貯め、いつか巡ってくるその機会を待っていたが、魯般が作ったという雲の梯のように、何の頼りもなく、恋のために流す涙に嘘はなかった。吹革祭の夕暮れに、小刀鍛冶は廓に忍び込み、「金さえ出せば、太夫を買うことができるはずなのに、身分が低いためにできないのは悔しい」と嘆いているのを、ある者が太夫（吉野）に知らせると、吉野は「その心入れは不憫だ」と言って密かに呼び入れ、小刀鍛冶に思いのたけを語らせた。すると、身を震わせ、前後不覚になり、薄汚れた顔から涙をこぼし、「このように有難いことは絶対に忘れません。ここ何年来の願いもこれで叶いました」とその場をたって逃げて行くのを、吉野は袂を引きとどめて灯を消し、帯も解かずに抱き上げ、「あなたのお望みどおりに身を任せましょう」と、色々下から身をもだえても、男は気をせいて、勝間木綿の褌を解きながら、「誰か来たのでは」と言って、起きようとするのを、吉野が抱きしめ、「肝心なことを済まさなければ、夜が明けても帰しません。それにしても、あなたは男ではありませんか。この吉野の腹の上にせっかく上がっておきながら、空しく帰るつもりでしょうか」と、脇の下をつねり、股を撫で、首筋を動かし、脇腹をこそぐり、日暮れから床に入り、ようやく午後十時を知らせる鐘が鳴る時、どうにかこうにか、曲りなりにも事を済ませ、そのうえ盃事までしてから帰した。

「いくらなんでも、あんまりな仕打ちです」と揚屋に咎められると、吉野は「今日は粋人の世之介様がお客なので、何も隠すことはありません。皆様の罪にはいたしませんので」と言っているうちに夜が更けて、「介様（世之介）の御越し」と言う。吉野がこれまでの一部始終を話すと、世之介は「そうであってこそ、遊女のあるべき姿だ。私は見捨てたりはしない。」と言い、その夜急に揚屋と話をつけ、吉野を請け出して正妻にした。吉野は生まれつき気品が備わっており、これは決して分不相応なものではなかった。

『好色一代男』挿絵

『好色一代男』は、天和《てんな》二年（一六八二）井原西鶴（一六四二～九三）が四十一歳の時に初めて執筆した作品で、挿絵は西鶴自身が描いたものと言われています。西鶴は初め談林派《だんりんは》の俳諧師《はいかいし》として活躍し、即吟を競う矢数俳諧《やかずはいかい》を得意としていました。その最高記録は一人で一昼夜に二万三千五百句という超人的なものでしたが、彼の奇抜な活動は、「阿蘭陀流《おらんだりゅう》」と揶揄《やゆ》されることもありました。その後、浮世草子を手がけることとなり、好色物《こうしょくもの》、武家《ぶけ》物、町人《ちょうにん》物、雑話《ざつわ》物など、多くの作品を世に送り出しました。

本書は、主人公世之介の七歳から六十歳までの生涯を、一章に一年ずつ描いた五十四章構成で、これは『源氏物語』の五十四帖になぞらえたものだと言われています。また、『伊勢物語』の趣向を取り入れた部分も多く、古典を強く意識した作品と言えるでしょう。内容は大きく二つに分かれ、前半には世之介の半生が描かれています。銀山で富豪となった父夢介と高名な遊女であった母との間に生れた世之介は、七歳で恋に目覚め、十一歳で遊女を身請けし、放蕩《ほうとう》の末に十九歳で勘当《かんどう》されます。塩竈《しおがま》では舞姫を手籠《てごめ》にしようとして片小鬢《かたこびん》を剃られ、信州追分の関所ではそれが原因で入牢《にゅうろう》するなど、悪事と色事を重ねながら、諸国を放浪します。三十四歳の時、泉州佐野で漁師の女たちとの船遊びの際に遭難しますが、世之介だけは助かり、身を寄せた親戚から父の死を知らされ、その莫大な遺産を受け継ぎます。後半は遺産を持て余した世之介が遊里を舞台に活躍しますが、高名な遊女の逸話が中心となり、脇役的な存在に変化します。その第一話にあたるのが、この吉野太夫の逸話です。

「それこそ女郎の本意なれ」の「それ」とは、「只今の首尾」という答を出す人もいるかもしれません。ただし、「首尾」とは「一部始終」という意味ですので、それに該当する傍線部以前をまとめることが、正解への近道となるでしょう。つまり、吉野がひたむきな小刀鍛冶の熱意に応え、身分の低い客をとってはいけないという廓の掟を破って、ひそかに招き入れ、そのうえ、太夫である自分を前に、物怖《ものお》じする小刀鍛冶の思いを遂げさせたという臨機応変《りんきおうへん》

もっと読みたい人への読書案内

【研究文献】

谷脇理史『西鶴研究序説』（新典社、一九八一年）、中嶋隆『西鶴と元禄メディア―その戦略と展開―』（日本放送出版協会、一九九四年）、篠原進「瞿麦の記号学」（「江戸文学」二十三、二〇〇一年六月）、鈴木健一『伊勢物語の江戸』（森話社、二〇〇一年）、矢野公和『西鶴論』（若草書房、二〇〇三年）

【本　文】

『好色一代男全注釈』（角川書店、一九八〇年）、『決定版対訳西鶴全集』（明治書院、一九九二年）、新編日本古典文学全集『井原西鶴集』①～③（小学館、一九九六年）、『西鶴が語る江戸のミステリー』（ぺりかん社、二〇〇四年）

な行為を指しているのです。この事情を聞いた世之介の投げかけた褒詞《ほうし》が、「それこそ女郎の本意なれ」であり、褒美として正妻の座を与えられます。本話は、太夫を買えない身分の男が遊女の揚代を貯める点では『そゞろ物語』を典拠とし、吉野退廓の理由と富豪の正妻になる事情は、『色道大鏡《しきどうおおかがみ》』に拠るものと言われています。しかし、そこには吉野への褒詞はなく、これは西鶴が創作したものと言えるでしょう。これにより、冒頭に敷かれた「前代未聞の遊女、いづれをひとつあしきと申すべき所なし」という伏線が際立ち、実際に身分の低い客をとったため、退廓したと言われる吉野の遊女としての価値が高められたわけです。

最終章は、日本中の遊女町を見尽くし、六十歳になった世之介が、「好色丸《よしいろまる》」と名付けた船に、定紋瞿麦《なでしこ》の旗と吉野の形見の脚布《きゃふ》を掲げ、女性だけが住むという「女護《にょご》の嶋《しま》」を目指して旅立ち、行方不明となるところで幕を閉じます。これについては、①「近世前期町人の青春の賛歌」（暉峻康隆『西鶴　評論と研究』〈中央公論社、一九四八年〉）、②「最も深刻な絶望の表現、悲愴極まる捨身の行」（野間光辰「西鶴と西鶴以後」〈『岩波講座日本文学史』、岩波書店、一九五九年〉）、③「補陀落船《ふだらくせん》の近世版《パロディ》」（松田修『新潮日本古典集成』〈新潮社、一九八二年〉）など、様々な解釈があるので、考えてみるのも面白いでしょう。

ところで、『好色一代男』は、浮世草子というジャンルの一作品とされます。本書は西鶴が初めて書いた小説でもありますが、同時に、浮世草子の嚆矢《こうし》でもあり、文学史において非常に重要な作品です。浮世草子とは、主に当世の風俗を描いた享楽《きょうらく》的な小説のことで、作風は多岐にわたっていますが、実際の事件やモデルを扱ったものが多く、情報小説としての一面も備えています。西鶴以後の浮世草子の流行は、その模倣を特徴とした八文字屋《はちもんじゃ》本に受け継がれ、百年余りにわたって上方を中心に出版されました。その作者は多く、西村市郎右衛門《にしむらいちろうえもん》、江島其磧《えじまきせき》、多田南嶺《ただなんれい》などがいます。また、『雨月物語《うげつものがたり》』を著す前の上田秋成《うえだあきなり》も、和訳太郎《わやくたろう》の名で『諸道聴耳世間猿《しょどうききみみせけんざる》』という浮世草子を著し、前期読本へ続く懸け橋ともなっています。

（藤川雅恵）

巻十三 秋成の読本『雨月物語』を知る

問題

次の文章は、上田秋成《うえだあきなり》が著した読本《よみほん》『雨月物語《うげつものがたり》』中の一話「浅茅《あさじ》が宿《やど》」の一節です。七年ぶりに妻宮木《みやぎ》と再会した勝四郎《かつしろう》は彼女と共寝《ともね》し、翌朝を迎えて意外な状況に直面します。それはどのような状況で、妻はどうなっていたのでしょうか。

窓《まど》の紙松風《かみまつかぜ》を啜《す》りて夜もすがら涼しきに、途《みち》の長手《ながて》に労《つか》れ熟《うま》く寝《いね》たり。五更《ごかう》の天明《そらあけ》ゆく比《ころ》、現《うつ》なき心にもすゞろに寒かりければ、衾《ふすま》帔《かづか》んとさぐる手に、何物にや籟々《さや》と音するに目さめぬ。面《かほ》にひや〱と物のこぼるゝを、雨や漏《もり》ぬるかと見れば、屋根は風にまくられてあれば、有明月のしらみて残りたるも見ゆ。家は扉《と》もあるやなし。簀垣《すがき》朽頽《くちくづれ》たる間《ひま》より、荻薄《をぎすゝき》高く生出《おひ》て、朝露うちこぼるゝに、袖湿《ひぢ》てしぼるばかりなり。壁《かべ》には蔦葛《つたくず》延《はひ》かゝり、庭は葎《むぐら》に埋《うづも》れて、秋ならねども野らなる宿なりけり。さてしも臥《ふし》たる妻はいづち行《ゆき》けん見えず。狐などのしわざにやと思へば、かく荒果《あれはて》ぬれど故住《もとすみ》し家にたがはで、広く造《つく》り作《なせ》し奥わたりより、端《はし》の方、稲倉《いなぐら》まで好みたるまゝの形《さま》なり。呆自《あきれ》て足の踏所《ふみど》さへ失《わす》れたるやうなりしが、熟《つらく》おもふに、妻は既《すで》に死《まかり》て、今は狐狸の住《すみ》かはりて、かく野らなる宿となりたれば、怪《あや》しき鬼《もの》の化《け》してありし形《かたち》を見せつるにてぞあるべき。若《もし》又我を慕《した》ふ魂《たま》のかへり来《きた》りてかたりぬるものか。

【語注】

【五更】 午前三〜五時ころ。

【衾】 布団などの夜具。

【簀垣】 竹や板をすき間を空けて並べ、簀子状にした床。普通「簀掻」と書く。

【秋ならねども】 「里は荒れて人はふりにし宿なれや庭もまがきも秋の野らなる」（『古今和歌集』二四八番歌）を踏まえた表現。

巻十三

答え

宮木はやはり、既に亡くなっていたのでした。昨夜の再会も、夫の約束を信じて待ち続けた彼女の霊が見せた幻でした。荒れ果てた我が家の様子が悲しい現実を物語ります。

現代語訳

窓の紙が松風をすするように風が吹きこんで一晩中涼しく、勝四郎は長旅の疲れで熟睡していた。五更の空も明ける頃、夢うつつの中にも何となく寒かったので夜具をかぶろうと辺りを探ると、何かさわさわと音がするので目を覚ました。顔に冷たいものがこぼれたのを雨漏りでもしたかと見上げると、屋根は風にめくり取られていて、有明の月が白っぽく空にかかっているのも見える。周りを見回せば、家は板戸もあってないようなもの、簀掻が朽ち崩れた間からは荻薄が高く生い茂っていて、そこからこぼれ落ちた朝露で袖は絞れるほどぐっしょりと濡れている。壁には蔦草が這い、庭は雑草に覆われて、まだ秋ではないがまるで「庭もまがきも秋の野ら」という有り様だった。それにしても共寝していた妻はどこへ行ったのだろうか、姿が見えない。狐にでも騙されたのかと思うが、このように荒れ果ててはいても住み慣れた我が家に違いなく、広々と作った奥の間あたりから端の方、稲倉まで、気に入っていたかつての様子そのままだ。勝四郎は呆然と立ちつくしていたが、よくよく考えると妻は既に亡く、我が家も今は狐狸の住みかとなり、野ら同然の廃屋となってしまったのであって、昨夜の事も怪しい妖怪が化けて生前の妻の姿を見せたのに違いない。あるいはまた、私を恋い慕う妻の霊魂が帰って来て共寝したのでもあろうか。

解説

『雨月物語』は、安永五年（一七七六）、上田秋成（一七三四～一八〇九）が四十三歳の時に出版されました。ただし序には明和五年（一七六八）の日付があり、その時には一応脱稿していたと考えられます。「白峯《しらみね》」「菊花《きっか》の約《ちぎり》」「浅茅《あさじ》が宿《やど》」「夢応《むおう》の鯉魚《りぎょ》」「仏法僧《ぶっぽうそう》」「吉備津《きびつ》の釜」「蛇性《じゃせい》の婬《いん》」「青頭巾《あおずきん》」「貧福論《ひんふくろん》」九編から成る短編の怪異小説集です。

秋成は近代以降、『雨月物語』『春雨物語』の作者として著名ですが、本人は自分を、古文献を通じて日本古代を研究する国学者《こくがく》と考えていました。実際、国学（和学・古学とも）関連の著述も多く、この方面での学識や人間関係は秋成の創作活動にも様々な形で反映されています。また当時は歌人としても知られ、晩年には歌文集である『藤簍冊子《つづらぶみ》』を残しています。煎茶道中興の祖という顔もあり、なかなか多才な人でした。

『雨月物語』は読本というジャンルを代表する作品です。読本は、西鶴以来小説の主流だった浮世草子が停滞し始めた時期に現われて、その新奇な内容や独特な文体が読者に清新な印象を与え、以降多くの後続作品を生みました。最初の読本となった『英草紙《はなぶさぞうし》』（都賀庭鍾《つがていしょう》作、寛延二年（一七四九）刊）や『雨月物語』など、初期読本は奇談系の短編集が主ですが、寛政十一年（一七九九）に前編が刊行された山東京伝作『忠臣水滸伝』を境に、後期読本は長編志向が顕著になります。曲亭馬琴作の壮大な『南総里見八犬伝』はその代表例です。

読本はその成立に際し、中国白話《はくわ》（口語体）小説から多くを学びました。作中人物の一貫した性格設定やそれに絡めた緊密かつ奇抜な構成、知識的性格、そして人情をうがち、人間を活写する魅力などです。ここで挙げた「浅茅が宿」の一節からも、そのことがうかがえます。

『雨月物語』巻二挿絵

「浅茅が宿」は下総《しもうさ》国真間《まま》郷（今の千葉県市川市真間）を主な舞台に、戦乱に巻き込まれ、離ればなれになった夫婦の悲劇を描きます。夫勝四郎は深く物事にこだわらない性格（「生長《ひとゝなり》て物にかゝはらぬ性《さが》」）でした。家業の農作も嫌って、やがて零落してしまいます。親族にも疎んじられるのを無念に思った彼は、家の再興のために田畑を全て売り払い、一攫千金を狙って都に出ようとします。妻宮木は夫を懸命に説得しますが、はやりたつ彼の心を制しかね、一人残される心細さを抱えながら、秋には帰るという約束を信じて夫を送り出します。

約束の秋、都で利を得た勝四郎は故郷の戦乱の噂を聞いて帰りを急ぎますが、途中山賊に全てを奪われた上、戦乱のために関所も閉ざされたと耳にします。連絡さえできません。もう妻も死んでしまったに違いない、そう思い込んだ彼は都近辺にひとまず身を落ち着けます。

七年という月日が夢のように過ぎたある日、勝四郎はふと、これまでの自分を反省します。自分は宮木に対して実に不誠実だった、たとえもう死んでいるとしても探し求めて墓を築いてあげなければと。彼は生来真っ直ぐな心（「揉《た》めざるに直《なほ》き志」）の持主でもあったのです。

戦乱で荒廃した故郷に戻ってみると、意外にも宮木は生きて待っていました。驚きと申し訳なさと再会できた喜びとが入り交じる中、勝四郎は妻を様々に慰めつつ共寝するのですが、翌朝、彼は再び意外な状況に直面することになります。それが先に挙げた場面です。

宮木はやはり、既に亡くなっていたのでした。昨夜の再会も、夫の約束を信じて待ち続けた彼女の霊が見せた幻でした。荒れ果てた我が家の様子が悲しい現実を物語ります。はじめは半信半疑だった勝四郎も、続く場面で彼女の墓標と末期の和歌を見つけ、泣き崩れます。

宮木に同情し、勝四郎を非難するのは簡単です。ただ彼は英雄でも聖人でもなく、良い面も悪い面もある、今でも周りにいそうなごく普通の人間に過ぎません。よりよい選択がありえたのは確かですが、いつも最良の選択ができるわけではない人間の悲しさがそこにはあります。最愛の妻の死を深く悲しむ勝四郎の姿を同情的に描く末尾を見ると、作品も彼を特に非難するつもりはないようです。男に甘い、と言われても仕方ないかもしれませんが。

一方で作品は宮木の内面も深く掘り下げています。再会の夜、彼女は最後に次のような言

もっと読みたい人への読書案内

【研究文献】

鵜月洋『雨月物語評釈』（角川書店、一九六九年）、日本文学研究資料叢書『秋成』（有精堂、一九七二年）、日本文学研究資料新集『秋成・語りと幻夢』（有精堂、一九七八年）、長島弘明『雨月物語の世界』（筑摩書房・ちくま学芸文庫、一九九八年）、同『秋成研究』（東京大学出版会、二〇〇〇年）

【本　文】

日本古典文学大系『上田秋成集』（岩波書店、一九五九年）、新編日本古典文学全集『英草紙　西山物語　雨月物語　春雨物語』（小学館、一九九五年）、『上田秋成全集』（既刊十二冊、中央公論社、一九九〇〜九五年）

Note

葉を残していました。そこにどんな思いが込められていたか、考えてみて下さい。

今は長き恨みもはれぐとなりぬる事の喜《うれ》しく侍《はべ》り。逢《あふ》を待間《まつま》に恋死なんは人しらぬ恨みなるべし。

再会できた今は長い間の恨みも晴れ、嬉しく思います。もし再会できずに恋焦がれて死んだなら、その思いも貴方に届かず、さぞ無念だったでしょう——。一見、再会を喜ぶ言葉に見えます。しかし実際には、宮木は「逢を待間に恋死」んだのです。その事実を知った時、言葉は表層の意味を複雑化し、彼女の割り切れない思いを語り始めます。霊となってなお夫の帰りを待ち続けた宮木にとって、ようやく再会できた喜びも本心なら、それでも晴れない「長き恨み」が残るというのもまた偽らぬ本心なのでしょう。宮木の哀れさが深い余韻を残します。

　こうしたレトリックの妙も『雨月物語』の魅力の一つです。同様の例として、勝四郎の約束の言葉や宮木の末期の和歌があり、また他の八編についても紹介したいのですが、もう紙幅の余裕がありません。是非本文を手にとってみて欲しいと思います。

（三浦一朗）

南総里見八犬伝

巻十四 馬琴の九十八巻の大作『南総里見八犬伝』を知る

問題

次の文章は、曲亭馬琴の著した読本『南総里見八犬伝』中の、芳流閣《ほうりゅうかく》の決闘という有名な場面です。犬塚信乃《いぬづかしの》と犬飼見八《いぬかいけんぱち》の戦いが、最高潮に達したこの一節を盛り上げるために、擬態語・擬音語が数多く使用されています。それらを抜き出して、どのような効果をもたらしているのか考えてみましょう。

信乃は刀の刃《は》も続かで、初《はじめ》に浅痍《あさで》を負ひしより、漸々《しだい》に疼《いたみ》を覚ゆれども、足場を揣《はか》りて、撓《たゆ》まず去らず、畳みかけて撃つ大刀を、見八右手《めて》に受けながして、かへす拳《こぶし》につけ入りつゝ、「ヤッ。」と被《か》けたる声と共に、眉間《みけん》を望みて礑《はた》と打つ、十手を丁《ちやう》と受け留むる、信乃が刃《やいば》は鍔際《つばぎわ》より、折れて遥《はる》かに飛び失《う》せつ。見八得たり、と無手《むづ》と組むを、そが随左手《まゝゆんで》に引き著《つ》けて、迭《かたみ》に利腕楚《きゝうでしか》と拿《と》り、捩《ね》ぢ倒さん、と曳声《えいごゑ》合《あは》して、揉《も》みつ捘《も》まるゝ、ちから足、此彼斉一《これかれひとしく》踏み辷《すべ》らして、河辺《かはべ》のかたへ滾々《ころころ》と、身を輾《まろば》せし覆車《ふくしゃ》の米苞《たわら》、坂より落すに異ならず。高低険《かうべりけは》しき桟閣《がけづくり》に、削《けづ》り成したる甍《いらか》の勢ひ、止《とゞま》るべくもあらざめれど、迭《かたみに》に拿《と》ったる拳《こぶし》を緩《ゆる》めず、幾十尋《とひろ》なる屋の上より、末遥《はる》かなる河水《かはみづ》の底には入《い》らで、程もよし、水際《みぎは》に繋《つな》げる小舟《こぶね》の中《うち》へ、うち累《かさ》なりつゝ撞《だう》と落つれば、傾《かたぶ》く舷《へり》と、立つ浪に、夵《ざんぶ》と音す水烟《みづけぶり》、纜《ともづな》丁《ちやう》と張り断《き》りて、射《い》る矢の如き早河《はやかは》の、真中《たゞなか》へ吐《は》き出《いだ》されつ。爾《しか》も追風《おひて》と虚潮《ひくしほ》に、誘《さそ》ふ水なる洄舟《くだりふね》、往方《ゆくへ》もしらずなりにけり。

【語注】

【浅痍】浅い負傷、軽い傷。

【十手】江戸時代、捕吏が携帯した長さ一尺五寸（約四五センチメートル）の棒。

【鍔際】刀身と鍔との相接するところ。

【曳声】力を入れる時に出す「えい」という掛け声。

【がけづくり】山または崖に持たせかけ、あるいは川の上に掛け渡して造った建物。

【尋】両手を左右に広げた長さ。一尋は通常約六尺（一、八メートル）。

巻十四

答え

「丁と」（物がはげしく打ち当る様、がちんと）「礑と」（人や物を打つ際の音、ぴしゃっと）、「無手と」（急に力をこめて、勢い強く行う様、むんずと）「滾々と」「撻と」（物が倒れたり崩れたりする様、どっと）、「癶と」といった数多くの擬態語、擬音後が挙げられます。

例えば、「眉間《みけん》を望みて礑《はた》と打つ、十手を丁《ちやう》と受け留むる」という文では、「礑と」が眉間に打ち込まれた十手の速さ、威力を示し、「丁と」が十手を瞬時に受け止める信乃の鋭敏な動きを際立たせています。

現代語訳

信乃は刀の刃も続かず、はじめに負った浅痍がだんだん痛みを感じるようになったが、足場を確かめ、油断せずたたみかけて撃つ。その大太刀を、見八は右手に受け流して、信乃が打ち返す拳に乗じて、「ヤッ」と声をあげ、眉間目がけてぴしっと十手を打ちこむ。その十手をがちんと受け止めた信乃の刀の刃は、鍔際から折れ、はるか遠くに飛んでしまった。見八は「しめた」とばかりに勢いよく、むんずと組んだが、信乃はそのまま左手にひきつける。二人は互いに利き手の右腕をしっかりつかみ、ねじ倒そうと「エイ」「ヤァ」と掛け声を合わせてもみ合っているうちに、力をこめて踏んばっていた足を両者同時に踏みはずし、坂道で転覆した車から米俵が落ちるように、ころころと転がっていった。勾配の険しい崖造りの芳流閣で、鋭く削られた屋根が足場では、踏み留まることもできないはずで、互いにつかみ合った拳をゆるめず、幾十尋もの高い屋根の上からはるか下の川水（利根川）に落ちていった。だが水底まではいたらず、うまい具合に、水際につないであった小舟の中に重なり合ってどっと落ちた。その勢いで舷は傾き、浪が立ちあがり、ざぶんと音をたてて水煙があがった。張り切ったとも綱がぶちんと切れて、二人を乗せた舟は、射られた矢のように早い河の流れの真中へ吐き出されてしまった。しかも折からの追い風と引き潮に乗って急速に流され、下ってゆく舟の行方は分からなくなってしまった。

解説

『南総里見八犬伝』（以下『八犬伝』）は九十八巻からなる読本の大作で、文化十一年（一八一四）から天保十三年（一八四二）まで二十八年間にわたり刊行されました。作者の曲亭《きょくてい》（滝沢《たきざわ》）馬琴《ばきん》（一七六七〜一八四八）は武家の出身で、読本作者として数多くの傑作を生み出した人物です。なかでも『八犬伝』は、執筆中に失明した馬琴が、息子の嫁お路《みち》に口述筆記をさせてまで完成させた、彼のライフワークというべき作品として注目されます。内容は、中国の『水滸伝《すいこでん》』（明代の長編小説）や槃瓠《ばんこ》（中国南方の少数民族に伝わる、敵将の首をとった犬に君主が娘を褒美に与えたという伝説）などを典拠としています。

室町時代末、安房（千葉県）の里見義実《さとみよしざね》が飼い犬の八房《やつぶさ》に敵の首をとれば娘伏姫《ふせひめ》を与えようと言うと、八房はその通りに実行し、伏姫と山中で暮らします。八房には義実を恨んで死んだ玉梓《たまずさ》の怨霊が取り付いており、その気を受けて妊娠した伏姫のお腹の中から、仁、義、礼、智、忠、信、孝、悌の文字が刻まれた水晶の珠が飛び出し、八方に散っていきます。その珠をもった犬塚信乃、犬飼見八、犬山道節《いぬやまどうせつ》、犬江親兵衛《いぬえしんべえ》ら八犬士がさまざまな経緯で集結し、悪人に乗っ取られた里見家を再興するまでのストーリーが展開されます。仏教、儒教、道教などさまざまな思想が反映されていますが、その根底には勧善懲悪主義があり、犬士たちが悪人や妖異に立ち向かい、倒していく見せ場が多々用意されています。『八犬伝』の世界は歌舞伎や落語、手ぬぐいや煙草入れといった日常品の意匠にも取り入れられ、浮世絵にも描かれる程の人気でした（90・91頁参考図）。また明治に坪内逍遙が『小説《しょうせつ》神髄《しんずい》』において、

「君命《くんめい》によって
見八信乃《けんぱちしの》を
搦捕《からめとら》んとす」
◎『八犬伝』の挿絵。屋根から落ちる捕り手や崩れ落ちる屋根瓦が、芳流閣の険しさや信乃の強さを表しています。本文をじっくり読んだ上で、鑑賞するとよいでしょう。

日本の近代小説が成立するためには『八犬伝』を乗りこえなければならない、と述べたことからも、この作品の意義が確認できます。

さて設問の場面は、第四輯巻之一、第三十一回「水閣の扁舟《こふね》両雄を資《たす》く、江村《かうそん》の釣翁《つりひと》双狗《さうく》を認る」に収められた、通称「芳流閣《ほうりゅうかく》の場」です。犬塚信乃は、伯父蟇六《ひきろく》にすり替えられたことを知らず、名刀村雨丸《むらさめまる》だと信じて里見成氏《なりうじ》に刀を献上しスパイに間違われます。芳流閣という高楼に逃げ込んだ信乃の捕り手として遣わされたのが、犬飼見八です。実は信乃と見八は犬士同士。ここではお互いにそのことを知らず、死闘を繰り広げます。『八犬伝』前半の最大の見せ場です。

屋根の上での捕り物、組み合ったまま屋根から落ちるといった趣向は、浄瑠璃「壇浦兜軍記《だんのうらかぶとぐんき》」（享保十七年初演）に着想を得ていますが、この場面の表現や文体は『平家物語』『義経記』など軍記物語の影響を受けています。例えば『平家物語』巻九「敦盛の最期」（平家の若武者平敦盛を源氏の武将熊谷直実が討つ場面）の「おしならべてむずと組んでどうどおち、とっておさへて頚をかかんと」という一文のように、馬琴はここで擬態語や擬音語を意識的に多用しています。

本文を見てみましょう。「丁と」（物がはげしく打ち当る様、がちんと）、「礑と」（人や物を打つ際の音、ぴしゃっと）、「無手と」（急に力をこめて、勢い強く行なう様、むんずと）「滾々と」「撞と」（物が倒れたり崩れたりする様、どっと）、「氼と」といった数多くの擬態語、擬音語が挙げられます。

例えば「眉間《みけん》を望みて礑《はた》と打つ、十手を丁《ちゃう》と受け留むる」という文では、「礑と」が眉間に打ち込まれた十手の速さ、威力を示し、「丁と」が十手を瞬時に受け止める信乃の鋭敏な動きを際立たせています。十手や刀のぶつかり合う音が実際に聞こえてくるような、臨場感あふれる表現は、互角の実力を持った二人の戦いの激しさをたくみに伝えています。そして「うち累《かさ》なりつゝ、撞《だう》と落つれば、傾《かたぶ》く舳《へり》と、立つ浪に、氼《ざんぶ》と音す水烟《みづけぶり》、纜《ともづな》丁《ちゃう》と張り断《き》りて」という部分では、決着がつかず高所から転落する二人の様がダイナミックに印象付けられ、読

「八犬伝之内芳流閣」

◎合戦の絵を得意とした、歌川国芳の浮世絵。多数の捕り手、遠景に広がる利根川の描写などがスケールの大きさを感じさせます。馬琴自身の書いた手紙に、この浮世絵が好評を博したことが記されています。

山口県立萩美術館・浦上記念館蔵

者に次の場面展開への期待感を持たせることにも成功しています。

馬琴は『八犬伝』全体を通してテンポのよい七五調の文章を用いていますが、この場面では擬態語や擬音語の使用によってさらにリズミカルな文体となり、読み手にいっそうの臨場感、躍動感、勢いを味わわせる効果を果たしています。

『八犬伝』は読本というジャンルに属する小説です。読本は、中国の白話《はくわ》小説を翻案した都《つ》賀庭鐘《がていしょう》の『英草紙《はなぶさぞうし》』をはじめとする作品群で、江戸中期から後期に流行しました。中国の小説をもとに、仏教的因果応報、勧善懲悪、道徳的教訓などのテーマを盛り込む形式をとります。上方では上田秋成《うえだあきなり》の『雨月物語《うげつものがたり》』、『春雨物語《はるさめものがたり》』、江戸では山東京伝《さんとうきょうでん》の『忠臣水滸伝《ちゅうしんすいこでん》』、馬琴の『椿説弓張月《ちんせつゆみはりづき》』『八犬伝』などが人気を博しました。読本は文章中心ですが、各巻に数葉挟まれる挿絵も重要な意味を持ちます。『八犬伝』の挿絵は作者馬琴が下絵の指示をしたといわれており、（89頁参考図）では芳流閣の険しさや川との位置関係が分かりやすく示され、読者が個々に想像力をふくらませるための手助けをしています。

物語全体の壮大な構想、勢いあふれる文章、的確な挿絵といった、さまざまな要素が絡み合って相乗効果をもたらし、読本は多くの読者に支持されたのです。

（藤澤　茜）

（部分）
◎同じく国芳の作品。信乃、見八の二名のみを描き、下から見上げる構図によって屋根の勾配の大きさをダイナミックにデフォルメしています。

もっと読みたい人への読書案内

【研究文献】

中村幸彦・水野稔編『秋成・馬琴』（鑑賞日本古典文学第三十五巻、角川書店、一九七七年）、高田衛『八犬伝の世界　伝奇ロマンの復権』（中央公論社・中公新書五九五、一九八〇年）、信多純一『馬琴の大夢　里見八犬伝の世界』（岩波書店、二〇〇四年）

【本　文】

岩波文庫（一九九〇年）、新潮日本古典集成別巻（二〇〇三〜〇四年）

巻十五

黄表紙の祖となった『金々先生栄花夢』を知る

金々先生栄花夢

問題

図①②は、恋川春町《こいかわはるまち》が著した黄表紙『金々先生栄花夢《きんきんせんせいえいがのゆめ》』のなかの場面です。金々先生は田舎から上京して目黒不動尊《めぐろふどうそん》の門前にある名物粟餅《あわもち》を売る店にやってきて（図①。右が金々先生）、夢の中で大金持ちの養子となり豪遊します（図②。右から二番目、肩を叩かれているのが金々先生）。図①と②では、金々先生の髪型や服装がどのように異なっているでしょうか。

図①

図②

東京都立中央図書館加賀文庫所蔵

巻十五

答え

図①では、黒い道中羽織《どうちゅうばおり》に脚絆《きゃはん》をはき、道中笠《どうちゅうかさ》を持った旅姿です。その髷《まげ》は太く、両鬢《りょうびん》は乱れていて、いかにも田舎じみています。

図②では、当時の通人の姿に変わっています。髷《まげ》も、本多髷《ほんだまげ》といって、当時流行した若者の髪型をしています。また着物は黒羽二重《くろはぶたえ》という最高級の男の晴れ着で、舶来のビロードや博多織の帯を付け、風通《つうふう》織や「もうる」などを使った服装で、極上身分の若者の姿をしています。

解説

「金々先生《きんきんせんせい》」とは通言《つうげん》（遊里界で使われる特殊な流行語）で、身なりを当世風に綺麗に飾り、得意気に振舞う金持ちの人のことをいいます。『金々先生栄花夢』の主人公、田舎者で貧乏人の金村屋金兵衛《かねむらやきんべえ》は、江戸に出て金儲けをして浮世の楽しみを極めようと思い立ち、まずは図①のように、当時運の神として有名であった目黒不動尊を訪れ、門前の粟餅屋で名物の粟餅を注文しますが、待っている間に居眠りをしてしまいます。その夢に、神田八丁堀の富商和泉屋清三《いずみやせいざ》の迎えの駕籠《かご》が来て、金兵衛を清三の跡継ぎとして連れて行きます。大金持ちとなって心奢った金兵衛は、図②のようにすっかり通人の装いとなって、店の手代の源四郎たちを取り巻きとし、日々芸者を呼んで酒宴を催し、金々先生と持てはやされます。そのうち金々先生は仲間にそそのかされ、吉原でかけのという女郎に馴染み、遊び尽くした後、深川でおまづという女郎に翻弄された挙句にとうとう金を使い果たしてしまいます。やがて金兵衛には取り巻きもいなくなり、最後には場末の品川の遊女屋に通う身となります。こうして身代を潰してしまった金兵衛を、義父は怒って追放してしまいます。途方に暮れて歎くところで金兵衛の一睡の夢は覚め、金兵衛は、「夢に見た三十年の栄華、人間一生の楽しみも、粟餅ができる僅かな間のことのようなものだ」と悟り、それからすぐに生れ故郷に帰ったのでした。

図①の粟餅屋を尋ねる金兵衛の姿は、黒い道中羽織《どうちゅうばおり》に脚絆《きゃはん》をはき、道中笠《どうちゅうかさ》を持った旅姿です。その髷《まげ》は太く、両鬢《りょうびん》は乱れていて、いかにも田舎者じみています。「むさしや」と暖簾《のれん》のかかった粟餅屋の店頭では、男女の店員が忙しそうに餅搗きをしています。

その後大金持ちになった金兵衛は、図②のように、当時の通人の姿に変わっています。髪は真中を広く両鬢のあたりまで剃り、髷《まげ》も本多髷《ほんだまげ》といって、鼠の尻尾ほどに細くまとめる当時流行した若者の髪型をしています。また着物は黒羽二重《くろはぶたえ》という最高級の男の晴れ着で、舶来のビロードや博多織（九州博多産の絹織物）の帯を付け、風通織《ふうつう》（金銀糸や色糸を使わない織物）や「もうる」（インド産の織物）などを使った服装で、極上身分の若者の姿をしています。金兵衛は取り巻きたちと酒宴を催して五市に肩を揉ませ、芸者遊びに興じています。こうして金兵衛は人々から「金々先生」と持てはやされることになります。

この『金々先生栄花夢』の文と絵はともに、武士で黄表紙作者の恋川春町（一七四四〜八九）によって著されました。恋川春町の父は紀州田辺藩士で、春町は二十歳の時に駿河小島藩士の養子となり家督を継ぎ、留守居役《るすいやく》、年寄本役《としよりほんやく》と出世しました。その一方で草双紙の画作を手がけ、安永二年（一七七三）に朋誠堂喜三二《ほうせいどうきさんじ》作の洒落本《しゃれぼん》『当世風俗通《とうせいふうぞくつう》』の挿絵を手がけた後、二年後の安永四年に、そこで描いた当世風の青年を再び『金々先生栄花夢』の金々先生として登場させます。

日本古典文学全集46『黄表紙　川柳狂歌』「無益委記」（S46小学館）P71より。

◎恋川春町画作『無益委記』（三巻、安永八年（一七七九）刊）は、聖徳太子が未来を予言した書とされる『未来記』をもじった作品で、未来の世界がどのように変転するかを描いたものです。この場面の左側には、奇妙な格好の通人たちが描かれています。羽織の長さは1mもあり、羽織の紐はかかとへ届くほど長く垂れ下がり、白い裏襟はむやみに広く、本多髷は釣竿のように長くなり、細いのが流行の帯は逆に風呂桶の箍（裂いた竹等で編んで輪に作り、桶の外側を堅く締めるもの）のように太く盛り上がっています。これは当時の流行スタイルを誇張して描いたもので、流行を追い求める当代の通人たちを滑稽化・揶揄しているのです。

草双紙とは、江戸時代を通して最も多くの庶民に親しまれた絵本小型本で、漉返《すきかえし》の紙で縦約十八cm×横約十三cm、袋綴《ふくろと》じで一冊五丁（表と裏の頁を合わせて一丁。十頁に当たります）という簡素な形態を持ちます。江戸時代の中期、延宝（一六七三～）頃より、江戸で赤本という子供向けの絵本が現れ、やがて歌舞伎・浄瑠璃や物語に取材した青本・黒本に変わりました。黄表紙とは青本・黒本に次ぐ草双紙のジャンルで、安永四年（一七七五）『金々先生栄花夢』以降に出版された黄色表紙の草双紙のことをいいます。

『金々先生栄花夢』は、謡曲「邯鄲《かんたん》」の夢の趣向を取り入れることで、常識を離れた滑稽で自由な世界を描いています。また、当時人気の絵師であった勝川《かつかわ》春章《しゅんしょう》に倣った画風を用いながら、遊里を舞台とする当代の通人の風俗や流行語を写実的に描きました。こうして『金々先生栄花夢』は、婦女子向けであった従来の草双紙とは内容的にも異なる大人の読み物として読者層を拡大させることになります。春町はその後、安永五年（一七七六）に『高慢斉《こうまんさい》行脚日記《あんぎゃにっき》』を画作し、また喜三二との共作数編を出して絵師としての地位を固め、武士作者を中心とする黄表紙時代を築きます。しかし、寛政元年（一七八九）に寛政の改革を風刺した『鸚鵡《おうむ》返《がえし》文武二道《ぶんぶのふたみち》』を出して時の為政者松平定信《まつだいらさだのぶ》から咎めを受けてしまい、同七月に病没しました。

春町に続く主な黄表紙作者としては、北尾政演《きたおまさのぶ》（山東京伝《さんとうきょうでん》）、曲亭馬琴《きょくていばきん》、式亭三馬《しきていさんば》、十返舎《じっぺんしゃ》一九《いっく》などがおり、諧謔《かいぎゃく》、滑稽な見立《みた》て、言葉遊び、ナンセンスを基調とする知的な遊戯の世界を描いています。

文化三年（一八〇六）に式亭三馬の『雷《いかずち》太郎《たろう》強悪物語《ごうあくものがたり》』が刊行されて以降、黄表紙は合《ごう》巻《かん》と呼ばれるジャンルへと移り、長編化した物語的な内容に変化していきます。（湯浅佳子）

もっと読みたい人への読書案内

【研究文献】

中村幸彦「黄表紙について」（鑑賞日本古典文学『洒落本　黄表紙　滑稽本』、角川書店、一九七八年）、浜田義一郎「黄表紙おぼえ書」（『江戸文芸攷』、岩波書店、一九八八年）、新潮古典文学アルバム『江戸戯作』（一九九一年）、中山右尚「板本と絵の関連性をどう考えるか―金々先生栄花夢の趣向と絵」（『国文学　解釈と教材の研究』四二巻十一号、一九九七年）、棚橋正博「空前絶後の黄表紙三十年」（『江戸戯作草紙』、小学館、二〇〇〇年）、武藤元昭「近世散文学にみる生と死、愛・性―『金々先生栄花夢』の読み」（『国文学　解釈と鑑賞』六六巻九号、二〇〇一年九月）、宇田敏彦「『金々先生栄花夢』異攷」（堀切実編『近世文学研究の新展開　俳諧と小説』、ぺりかん社、二〇〇四年）

【本　文】

日本古典文学大系『黄表紙　洒落本集』（岩波書店、一九七九年）、新編日本古典文学全集『黄表紙　川柳　狂歌』（小学館、一九九九年）、『江戸の戯作絵本（一）初期黄表紙集』（社会思想社、一九八四年）

Note

巻十六 孔子縞于時藍染

寛政の改革に題材を求めた黄表紙『孔子縞于時藍染』を知る

問題

図①・②は、山東京伝《さんとうきょうでん》が著した黄表紙『孔子縞于時藍染《こうしじまときにあいぞめ》』のなかの場面です。この作品では、儒教道徳が世の中に行き渡った結果、人々の物欲・金銭欲が極端に減退することを描いて、「笑い」を創造しています。①・②の場面は、それぞれどこがおかしいのか、絵から想像してみましょう。

図①

図②

巻十六

答え

寛政の改革という、儒教奨励の世の中の風潮を茶化した作品です。儒教道徳が浸透しすぎた結果、掏摸《すり》さえも善い行いをするようになったり（①）、追い剥ぎさえも自分の財布や衣類を人に押しつけて逃げていってしまいます（②）。

解説

『孔子縞于時藍染』は山東京伝（一七六一～一八一六）作・北尾政演《きたおまさのぶ》（京伝の画工名）画で寛政元年（一七八九）に刊行された黄表紙です。天明七年（一七八七）老中職に就任した松平定信《まつだいらさだのぶ》は、幕府の儒学である朱子学を奨励し、その道徳実現のため、文武両道・質素倹約等さまざまな施策を講じていきます。いわゆる寛政の改革です。本書はこの寛政の改革に題材を求めた作品で、書名は格子《こうし》縞の藍染が流行する意と孔子の教えである儒教が寛政の改革の時に合って世の中に広く行き渡る意を掛け合わせたものです。内容は儒教道徳が浸透した世の中の様子を、行き過ぎて逆転してしまうほどに誇張して描いたものです。

作者の山東京伝は浮世絵師北尾重政《きたおしげまさ》に絵を学び、北尾政演の名で美人画を描いたり、画工として他作者の黄表紙に絵を提供した人で、作者としても黄表紙をはじめ洒落本・読本《よみほん》・合巻《ごうかん》とさまざまなジャンルにわたり、数多くの作品を世に送り出しました。

図①の手もとの怪しい頬被りをした男は掏摸です。今ちょうど財布か紙入れを掏摸取ったところのように見えますが、実はまったくその逆で、儒教道徳が広く世の中に浸透した結果、人々の物欲・金銭欲は減退し掏摸などという悪いことをする人はいなくなった。いなくなったどころか、掏摸でさえも善い行いをするようになった。そのため人のものを掏摸取るどころか、逆に人にものを掏摸入れるというのです。

同じように図②で裸で逃げていく男は追い剥ぎです。こちらも金目の物や衣類をはぎ取るどころか、追い剥ぎが自分の財布や衣類を逆に人に押しつけて逃げていくというのです。

多くの人々が見過ごしてしまうような、なにげないちょっとした現実を大げさに誇張して描き、それによって読者を笑わせるというのは、「穿《うが》ち」といって黄表紙にはよく見られるもので、さらにそれが行き過ぎると現実にはありえない様子に逆転してしまうということもよくあります。そんな行き過ぎて逆転した世界を描いた代表作は、安永八年（一七七九）に刊行された恋川春町《こいかわはるまち》作画の『無益委記《むだいき》』です。この作品では行き過ぎた未来の様子として、初がつおがどんどん早く売りに出てとうとう正月がくる前、十二月に出回るようになるというように、行き過ぎると早いどころか逆に遅くなってしまうという逆転のおかしさが描かれていたり、吉原の遊女たちが、音曲や文学といった女性の身に付ける遊芸をことごとく身に付けてしまった結果、もうやることがなくなり、とうとう男性がやる武芸を身に付けるようになるといった男女逆転のおかしさが描かれています。この『孔子縞于時藍染』の場合、人々の言動が道徳的で大真面目である分、度を越して逆転してしまう様子がより一層おかしいわけです。また、人の物を取る掏摸や追い剥ぎが逆に人に物を押しつけるという逆転した様子を描くことで寛政の改革による儒教奨励という世の中の風潮を茶化していると言ってよいでしょう。身分の高い人や真面目な堅物ほど茶化して痛快なものはありません。儒教奨励というこの堅苦しい改革政治は、茶化すには格好の素材であったと言えます。

他にも本書には次のような場面があります。下図は人々のあいだに道徳が完成したため、大地もその徳に感じ五穀豊穣《ごこくほうじょう》となり、農家では収穫物の置き場に困り、農民たちが年貢を倍に増やしてくれと代官所に願い出ているのです。農民たちが自分たちから年貢を増やしてくれと頼む逆転した様子がおかしいわけですが、ここにはさらに天明の大飢饉をもたらした凶作という現実の裏返しがあり、儒教道徳という精神論による改革では、豊作をもたらし飢饉を救うなどということは現実には起こりえない。現実には起こりえない様子を描くことで、寛政の改革政治を大地も感じると褒めたたえながらも実は痛烈に茶化していると読むことが

できます。

また、図の手前高張提灯に「奈」の文字が見えますが、これはここが関東郡代伊那半左衛門の役宅であることを読者に示しています。彼は天明の大飢饉で米不足に陥った江戸の人々を救うべく、米の買い占めを取り締まったり、幕府の持っていた米をお救い米として人々に支給するなどした、当時江戸の人々に尊敬されていた人です。本文には代官の名は「いな」が「ぼら」の幼魚の名であることから「ぼら長左衛門」と変えられていますが、読者はこの場面に現実の名郡代を重ねて、彼が現実に行った庶民救済の対策を思い起こし、天も感じて豊作をもたらすなどという現実味のない儒教奨励の改革政治を茶化して笑ったのです。

このように黄表紙の絵は、ただ単に本文で書かれていることを絵にして描いた挿し絵ではなく、時には本文には書かれていないことまで語っていることがあります。絵を読むだけでも十分にそのおかしさが味わえる、それが黄表紙なのです。

本書の他にも寛政の改革に題材を求めた黄表紙として、次のようなものがあります。朋誠堂喜三二《ほうせいどうきさんじ》作・喜多川行麿《きたがわゆきまろ》画の『文武二道万石通《ぶんぶにどうまんごくどうし》』（天明八年刊）は、世の中の武士たちを文人・武人さらにはそのどちらでもないぬらくら者に振り分け、その上でぬらくら武士を文武両道のいずれかに勧め入れるという内容で、文武両道を奨励する改革政治に振り回される武士たちの姿を描いています。この喜三二の作品に呼応する形で出されたのが、恋川春町《こいかわはるまち》作・北尾政美《きたおまさよし》画の『鸚鵡返文武二道《おうむがえしぶんぶのふたみち》』（寛政元年刊）で、書名の「鸚鵡返」には『文武二道万石道』の模倣である意に松平定信が天明六年に著した経世論『鸚鵡言《おうむのことば》』をにおわせています。この作品も文武両道を奨励する改革政治に振り回される武士たちの姿を描いたもので、武道を奨励された武士たちが人間を木馬代わりに使って馬術の稽古をしたり、橋のたもとで通行人を木刀あるいは竹刀で打ちすえ剣術の稽古をしたりと、行き過ぎた様子が描かれています。どちらの作品も寛政の改革に翻弄される武士たちの姿が誇張されおかしく描かれているものですが、一方『孔子縞于時藍染』と同じく儒教道徳が行き渡った世の中の様子を描いた作品として、唐来参和《とうらいさんな》作・栄松斎長喜《えいしょうさいちょうき》画の『天下一面鏡梅鉢《てんかいちめんかがみのうめばち》』（寛政元年刊）があります。内容は

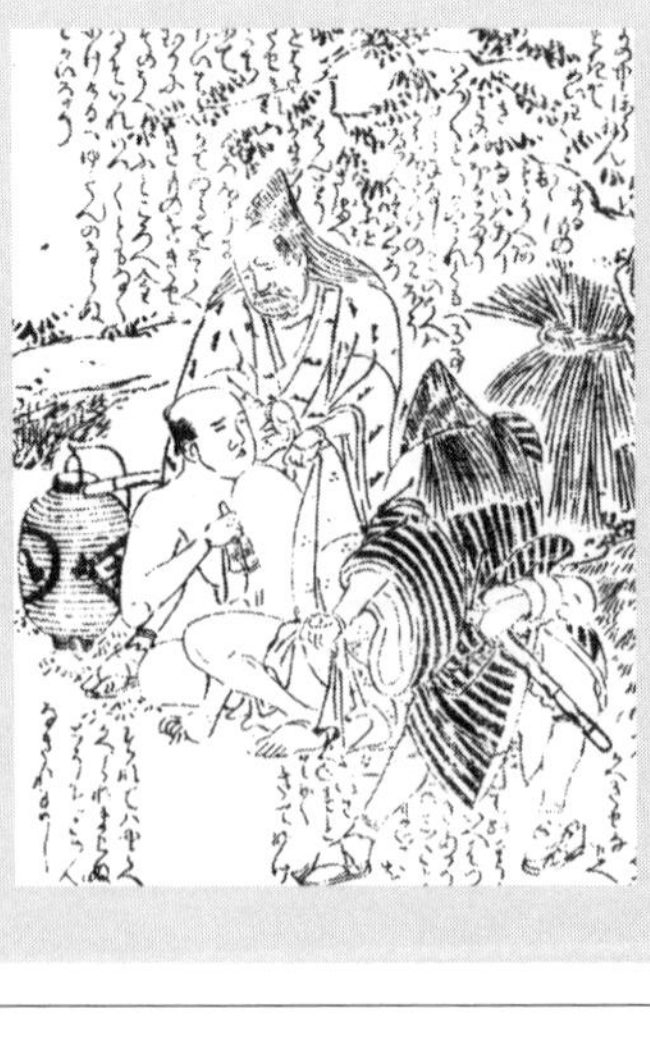

※図版はすべて東京都立中央図書館加賀文庫所蔵

Note

儒教の教えである仁をもって民を治める善政に天もこたえ、世の中は五穀豊穣となり農民たちは年貢を来年の分まで前納したいと申し出るし、どろぼうもいなくなったので人々は自分の家の戸を打ち壊しはじめるというもので、『孔子縞于時藍染』にとてもよく似ています。ここにはもちろん天明の大飢饉による米不足と米買い占めに対する打ち壊しという現実の世相の裏返しが描かれているわけです。また、石部琴好《いしべきんこう》作・北尾政演画の『黒白水鏡《こくびゃくみずかがみ》』（寛政元年刊）には、どろぼうが衣類や金銭を人に押しつけるといった本書と類似した場面（下図）が見られます。この作品にはさらに、天明四年（一七八四）、当時老中であった田沼意次《たぬまおきつぐ》の息子意知《おきとも》が江戸城内で刺されるといった刃傷事件にはじまり田沼親子の失脚という寛政の改革の引き金となった事件があからさまに描かれていたため、作者の石部琴好は手鎖《てぐさり》数日の後江戸払いの刑、画工を勤めた京伝も罰金刑に処せられ、作品は絶版処分となりました。

このように多くの作品が寛政の改革に題材を求め、その改革政治を茶化しの対象としたことで、幕府の黄表紙に向ける目は厳しいものとなっていきます。本業が武士であった作者春町や喜三二はこれ以後筆を置きます。そしてこの後黄表紙は政治や世の中のことを穿ったり茶化したりすることをやめ、教訓臭かったり理屈臭い笑いへと変化していきます。

（檜山純一）

もっと読みたい人への読書案内

【研究文献】

小池藤五郎『山東京傳の研究』（岩波書店、一九三五年）、水野稔『黄表紙・洒落本の世界』（岩波書店、一九七六年）、中村幸彦『戯作論』（角川書店、一九六六年）、『中村幸彦著述集』第八巻（中央公論社、一九八二年）、棚橋正博『黄表紙總覧』中編（青裳堂書店、一九八九年）

【本　文】

日本古典文学大系『黄表紙　洒落本集』（岩波書店、一九五八年）、鑑賞日本古典文学『洒落本・黄表紙・滑稽本』（角川書店、一九七八年）、『江戸の戯作絵本』続巻二（社会思想社、一九八五年）

巻十七

傾城買四十八手

遊郭を題材とする遊里文学、洒落本を知る

問題 次の文章は山東京伝《さんとうきょうでん》の著した洒落本『傾城買四十《けいせいかいしじゅう》八手《はって》』の一節です。この場合、遊里での「**客と遊女**」は、どのような関係にあるのでしょうか。

女 ホンニどら程残《のこ》りがござんすへ。**客** 三十両のうへある。わきの内《うち》だと、二かいへあげるこつちやァねへ。それだから、居つゞけなぞはまァ不承知《ふせうち》なはづだ。二十や三十の金につまるとは、おれもはかなくはなつた。ト少しふさぐ。**女** うつむひて、ものいはず。やゝあつて、考《かんがへ》ればかんがへる程、今まで葉手《はで》に遊びつけなんしたから、今の身になん〳〵しては、さぞおもしろくござんすめへ。それといふも皆わつちゆへ、さぞ憎《にく》うざんしやうねへ。あいそうがつきんすかへ。**客** 愚痴《ぐち》

な事を云《いふ》ものだ。まだ此上《このうへ》勘当《かんどう》をうけて薦《こも》を着ても、てめへと一ッ所《しょ》に居れば本望《ほんまう》だ。したが女郎と云ものは。**女** まだわたしを女郎と思つて居なんすかへ。わつちやもう、かみさんになつた気で居ンすものを。ちつとはふびんだと思つておくんなんし。それはそふと、そんならかうしんせう。わつちがわるひほうの夜具《やぐ》をやれば、七枚ばかりはできんせう。そしてかの客人の所からも、三枚ぐらゐはくる筈でござんす。外《ほか》にもそのくらゐはくる所がござんす。それをみんな《皆》上《あ》ゲ申《まうし》んすから、ぬしもちつと都合しなんして、せめて半分もおやんなんし。ぬしゆへなら、わつちが身はどふなつてもようござんす。よしや年《ねん》を入レてもしんす心さ。**客** ホンニそれほど迄に思つてくれるこゝろは、死《しん》でもわすりやァしねへ。したがマァなりたけこつちで都合して見やうから、又其上《そのうへ》の相談《そうだん》にしやう。

【語注】

［どら程］ どれほど。**［残り］** 遊女屋への未払金。

［わきの内］ 他の女郎屋。**［二かいへあげる］** 客として遊ばせる。

［居つゞけ］ 遊び続けて帰らないこと。**［薦を着ても］** 薦かぶり（物乞い）の身となっても。

［やれば］ 質にいれれば。**［七まい］** 小判七枚（七両）。

［年を入レても］ 遊女勤めの年季を増してでも。**［しんす］** 尽くす。

巻十七

答え

この客と遊女は、夫婦になろうかという深い仲です。かつては派手に遊んでいたものの、金に詰まって遊女屋に三十両以上の未払いがある男のために、遊女は少し金目になる自分の寝具を売ったり、他の客から金を都合してもらったりすることで、必要なお金をなんとか工面してあげようとしています。

現代語訳

【女】本当に、どれくらい遊女屋への未払いのお金があるのですか。【客】三十両以上ある。他の女郎屋だと、俺を二階へあげて遊ばせるわけがない。そんなわけだから、居続けなどは、まあ承知しないはずだ。二十両や三十両程度の金に困るとは、俺もなんともみじめな身の上とはなったことだな。（と言って、少しふさぎこむ）【女】（うつむいて、物を言わない。それから少しして）考えれば考えるほど、あなたも今まで派手にお遊びになりましたから、今のような身の上におなりになりましたからには、さぞ面白くないことでしょう。それといいますのも、みな私のせいなのですから、さぞ憎くお思いのことでしょうね。愛想がお尽きですか？【客】ばかばかしいことをいう奴だ。たとえ、このうえ親に勘当されて物乞いの身になろうとも、お前と一緒に居られさえすれば、それが俺の本望というものだ。なのに女郎というやつは・・・。【女】まだお前さんは、私のことを女郎と思っているのですか。私はもう、あなたの女房になった気でいますのに。ちょっとは私のことをかわいそうだと思ってくださいませ。それはそうと、そういうことならこうしましょう。私が下等な方の夜具を質にいれましたら、七両くらいにはなるでしょう。そしてまた、例の客人からも三両くらいは貰うことができるはずです。そのお金をみんなあなたに差し上げますから、あなたも少しご都合をおつけになって、せめて半額ばかりでもお払いくださいさい。あなたのためなら、私の身などはどうなってもようございます。場合によっては、遊女勤めの年季を増してでも、あなたに尽くす覚悟ですよ。【客】本当に、俺のことをそこまで思ってくれるお前の気持ちは死んでも忘れはしない。しかしまあ、できるだけ俺の方で都合をつけてみるつもりだから、いずれまたそのうえでの相談ということにしようじゃないか。

『傾城買四十八手』は、寛政二年（一七九〇）に刊行された山東京伝作の洒落本です。

洒落本とは、はじめは上方、のちに江戸を中心に刊行された戯作の一ジャンルで、遊廓を専らの題材とする一種の遊里文学です。明和七年（一七七〇）『遊子方言《ゆうしほうげん》』によって話の構成や内容、描写方法等の型が確立されたのち、天明五年（一七八五）山東京伝（一七六一〜一八一六）の登場により洒落本は全盛期を迎えます。そこには、遊里の事情によく精通し、人情の機微をわきまえていて、何をするにつけてもさまになる理想的な遊び上手の「通《つう》」、表面的な知識を身につけただけで自分で通だとうぬぼれている「半可通《はんかつう》」、そうした知識の全くない「野暮《やぼ》」等が登場します。それら「半可通」や「野暮」たちの滑稽な言動を、詳細かつ具体的に描写することにより笑いをうみだし、また普通の人なら気付かないような遊里の裏の諸事情や最新の流行などを、微に入り細にわたり暴き出す「うがち」によって、遊びの諸相を軽妙に描き出すのが、洒落本の大きな特徴です。

『傾城買四十八手』に収められた四話には、様々なタイプの遊女と遊客の遊びの様相が描かれています。洒落本の特徴である会話体を中心とした写実的で精緻な描写方法に、京伝自身の的確で鋭い人間観察と温かいまなざしが加えられることによって、本書はうがちという特殊な事象の表面的な描写にとどまらず、男女の心情や心理までをも鮮やかに浮かび上がらせた傑作となっています。なかでも、ここで紹介した最終章「真《しん》の手《て》」は、心底惚れあった男女の真情を見事に描き出した作として、特に高く評価されています。

この客と遊女は、夫婦になろうかという深い仲です。かつては派手に遊んではいたものの、金に詰まって遊女屋に三十両以上の未払いがある男のために、遊女は少しは金目になる自分の寝具を売ったり、他の客から金を都合してもらったりすることで、必要なお金をなんとか工面してあげようとしています。本来なら客の金を搾り取るのが仕事であるところを、逆に男のために金を捻出しようとする遊女と、「勘当されて物乞いの身になろうとも、お前と一緒

もっと読みたい人への読書案内

【研究文献】

水野稔『黄表紙・洒落本の世界』（岩波新書、一九七六年）、『江戸小説論叢』（中央公論社、一九七四年）、『中村幸彦著述集』第四巻（中央公論社、一九八七年）

【本　文】

日本古典文学大系『黄表紙・洒落本集』（岩波書店、一九五八年）、新編日本古典文学全集『洒落本　滑稽本　人情本』（小学館、二〇〇〇年）

に居られさえすれば本望だ」と我が身の行く末をかえりみず言い放つ男、恋に溺れたこの二人には、もはや見栄も外聞も存在しません。そしてこの遊女の、「もうあなたの女房になった気でおりますのに」という恨みごとや、「あなたのためなら私の身などはどうなってもようございます」と言って遊女勤めの年季を増してでも男に尽くそうとする言葉に象徴されるような、二人の男女の哀感漂うしめやかなやりとりからは、遊里での遊びの関係を完全に逸脱した男と女の真実の愛情が、情感たっぷりに伝わってきます。

ちなみに、この話の末尾の「評」のなかで京伝は、「傾城《けいせい》に真《まこと》があつて運のつき」、つまり「遊女に本気はないというが、本気になった遊女とかかわりあえばかえって命とりになる」といった意味あいの川柳を示したうえで、男を家に帰したあとの遊女は「ふさひで飯さへも喰わず、役所《やくしょ》（張見世）をもひくなり」、そして男の方は家に帰っても「御持仏《おじぶつ》の阿弥陀さままでが女郎の顔に見ゆるもの也」と記して、男と女の心ここにあらぬ恋慕の様子を改めて示しています。そしてそのような男女について京伝は、「外から見ては馬鹿らしく見えるが当人にとってはもっともな理屈もあるものだ」と評します。のちに二人の遊女を妻として迎えることになる京伝の、遊びの域をこえた男女の真情を、冷徹ながら真正面からしっかりとみつめる姿をみてとることができるでしょう。

『傾城買四十八手』には、「四十八手の前四十八手なし、四十八手の後四十八手なし」「当時流行のしゃれほん、小冊の最第一、とびきり無類の四十八手」（『戯作評判花折紙』享和二年〈一八〇二〉刊）といったように最高の賛辞がなされ、本書は後続の作者たちにも大きな影響を与えました。また、「真の手」にみられたような男女の実意・真情の描写を更に押し進め、教訓書を装うなどして、寛政の改革の出版取締りを逃れようとしたのが、寛政三年の京伝の三部作『娼妓絹篭《しょうぎきぬぶるい》』『錦の裏』『仕懸《しかけ》文庫』ですが、結局これらの書は取締りに抵触し、京伝・版元ともに処罰を受けます。こののち、当局の目を意識するとともに、遊里の諸相をうがつことに目新しさを見出せなくもなった洒落本は、滑稽描写あるいは京伝が開拓した男女の真情描写を主眼とする方向にむかい、やがて滑稽本や人情本の時代を迎えます。（水谷隆之）

『傾城買四十八手』口絵
京伝画
◎琴の名手で鯉を巧みにのりこなしたという中国の琴高仙人を、遊女に見立てたもの。京伝は、北尾政演という、当時人気の絵師でもありました。

東京都立中央図書館加賀文庫所蔵

巻十八

東海道中膝栗毛

滑稽本の代表作『東海道中膝栗毛』を知る

問題

次の文章は、十返舎一九《じっぺんしゃいっく》が著した滑稽本『東海道中膝栗毛《とうかいどうちゅうひざくりげ》』で主人公弥二（弥次郎兵衛）・北（北八）が小田原の宿屋に泊まる場面です。弥二さんは五右衛門風呂《ごえもんぶろ》に入ろうとしますが、そのやり方がわからず間違ってしまいます。本当はどうすべきなのに、なにをしてしまったのでしょうか。

弥二「ヲイ水がわいたか。ドレはいりやせう」

トすぐに手ぬぐひをさげ、ふろばへゆきて見るに、このはたごやのていしゆ、かみがたものとみへて、すいふろおけは、上がたにはやる五右衛門風呂といふふろなり。左にあらはす図（113頁参考図）のごとく、土をもつてかまをつきたて、そのうへ、、もちやのどらやきをやくごときの、うすぺらなるなべをかけて、それにすいふろおけをきけ、まはりをゆのもらぬよふに、しつくひをもつて、ぬりかためたる風呂なり。これゆへ湯をわかすに、たきゞ多分にいらず、りかただいいちのすいふろなり。くさつ大津あたりより、みな此ふろ也。すべて此ふろには、ふたといふものなく、底板《そこいた》うへにうきているゆへ、ふたのかはりにもなりて、はやくゆのわくりかた也。湯に入《いる》ときは、底を下へしづめてはいる。弥二郎このふろのかつてをしらねば、そこのういているをふたとこゝろへ、何ごゝろなくとつてのけ、ずつとかたあしをふんごんだところが、かまがじきにあるゆへ、大きにあしをやけどして、きもをつぶし

弥二「アツ、、、、こいつはとんだすいふろだ」トいろ〳〵かんがへ、これはどふしてはいるのだときくもばか〳〵しくそとであらひながら、そこらを見れば、せつちんのそばに、下駄があるゆへ、こいつおもくろいと、かのげたをはきて、ゆのなかへはいり、あらつていると、北まちかねてゆどのをのぞきみれば、ゆふ〳〵とじやうるり

【語注】

[水がわいたか] 直前に湯が沸いたら熱すぎて入れないという屁理屈を言っている。

[すいふろ] 水風呂。桶の下に焚口があり、水から直接湯を沸かせる風呂。

[きけ] 載せる。○[とんだ] ひどい。

[おもくろい] 面白いの白を黒に変えて作った戯語。意味は面白いと同じ。

巻十八

答え

江戸っ子ということになっていた弥次さんと喜多さんは五右衛門風呂の入り方を知りませんでした。こののち弥次さんに続いて喜多さんもこの風呂に入るのですが、喜多さんは風呂の中で下駄を踏みならしているうちに、風呂の底を踏み抜いてしまうという失敗を犯します。正しくは、風呂の蓋の代わりにもなっている、浮いていた底板の上にそのまま乗って入るべきなのでした。

現代語訳

弥二「おう、水が沸いたか。どれ、入りましょう」

と、さっそく手ぬぐいを提げ、風呂場へ行って見ると、この旅籠屋の亭主は、上方の出身者と思われ、水風呂桶は、上方で流行る五右衛門風呂という風呂である。左に示した図のように、土を盛って竈を築立て、その上に、餅屋がどら焼きを焼くような薄っぺらな鍋を架けて、それに水風呂桶を載せて、周りを湯が漏らないように、漆喰で塗りかためた風呂である。このため湯を沸かすとき、薪が多くはいらず、効率第一の水風呂である。草津・大津辺より、みんなこの風呂である。総じてこの種の風呂には、蓋というものがなく、底板が上に浮いているため、蓋の代わりにもなって、早く湯が沸く仕組みである。湯に入るときは、底板を下に沈めて入る。弥二郎はこの風呂の入り方を知らないので、底板が浮いているのを、蓋と思って、気にも留めず取ってよそへ置き、勢いよく片足を踏み入れたところが、釜が直にあるので、ひどく足を火傷して、予想外のことにとても驚き、

弥二「あつつつつつ、こいつはひどい水風呂だ」といろいろ思案し、これはどうやって入るのだと聞くのもばかばかしいので、外で体を洗いながら、まわりを見ると、雪隠のそばに下駄があるので、こいつは風変わりでおかしいと、その下駄を履いて、湯の中に入り、顔を洗っているところに、北が待ちかねて湯殿をのぞき見ると、弥二は悠々と浄瑠璃（をうたっている）。

解説

『東海道中膝栗毛』は、十返舎一九（一七六五～一八三一）が享和二年（一八〇二）から文化六年（一八〇九）までに出版した全八編十八冊の滑稽本です。一九は駿河国（今の静岡県）出身で、元は武士でした。大坂で浄瑠璃作者として活動した後、寛政六年（一七九四）より江戸で黄表紙を書き始めました。一九の著作は、滑稽本以外に黄表紙・洒落本・読本・人情本など多岐にわたり、またきわめて多数です。

『東海道中膝栗毛』では、弥次郎兵衛と喜多八（弥次郎は弥二郎、喜多は北八と書かれることも。弥次・弥二、喜多・北とよく略されます）は、江戸から伊勢を経由して、京・大坂まで旅をします。大坂に着いた後、弥次さんと喜多さんは金比羅《こんぴら》参詣・宮島参詣をし、さらに中山道を通って江戸に帰りますが、そちらの様子は続編にあたる『続膝栗毛』全十二編二十五冊に描かれています。当初、一九は『東海道中膝栗毛』を初二編までのつもりで書いていたようですが、好評を博したのでその後も執筆を続け、『続膝栗毛』も含めると、完結までに

『東海道中膝栗毛』挿絵

二十年を費やしています。また、これら『東海道中膝栗毛』と『続膝栗毛』を総称して「道中膝栗毛」と呼びます。

弥次さん喜多さんはいたずら好きでおっちょこちょいのうえ、二人は江戸っ子で地方に不案内なため、数多くの騒動を巻き起こします。これは洒落本にあった、江戸に出た粗野な田舎者を江戸っ子が笑うという型の逆をいったものでもあります。当初江戸っ子という設定であった弥次さんと喜多さんは、『続膝栗毛』の五編が刊行された文化十一年（一八一四）になって付け足された「発端」で、一九と同じ駿河出身という設定に変更されますが、この基本形に変わりはありません。「道中膝栗毛」は、一つの長い筋が展開するのではなく、短い失敗談の積み重ねで構成されています。各編の最後には、その編の内容をとりまとめた狂歌が配されます。一九は狂歌を得意としており、「道中膝栗毛」でもそれが効果的に使われています。

当時、江戸では各家庭に風呂はなく、庶民は銭湯を利用していました。当時の銭湯の様子は、一九と同時代の滑稽本作者である式亭三馬《しきていさんば》の『浮世風呂』に詳しく描かれています。

本話に出てくる五右衛門風呂とは、随筆『守貞謾稿《もりさだまんこう》』に

京坂専用は桶に底を付けず、これに代ふるに平釜《ひらがま》を用ひ、土竈《どがま》の上にこれを置きて、薪および古材・朽木の類、これを焚く故に、湯屋にこれを与へざるなり。この風呂を五右衛門風呂と号《なづ》くることは、昔の強盗石川五右衛門なる者、油煮の刑、俗に釜煮と云ふに行はる、云ひ伝へ、理《ことわり》相似《あいに》たるをもつてなり。（中略）諸国旅人籠《はたご》宿は専ら五右衛門風呂なり。因《ちな》みに云ふ、江戸の旅籠宿には浴室を備へたるものこれなし。皆旅客を銭湯に送る。

とあります。挿絵からもわかりますが、かまどの上に桶を置き、底が平釜になっている風呂のことで、江戸ではほとんど見る機会がないものでした。江戸っ子ということになっていた弥次さんと喜多さんは五右衛門風呂の入り方を知りませんでした。こののち弥次さんに続いて喜多さんもこの風呂に入るのですが、喜多さんは風呂の中で下駄を踏みならしているうちに、風呂の底を踏み抜いてしまうという失敗を犯します。正しくは、風呂の蓋の代わりにも

もっと読みたい人への読書案内

【研究文献】

中村幸彦「十返舎一九論」（『中村幸彦著述集第六巻』中央公論社、一九八二年）、松田修『十返舎一九　東海道中膝栗毛』（淡交社、一九七三年）、棚橋正博『笑いの戯作者　十返舎一九』（新典社、一九九九年）、中山尚夫『十返舎一九研究』（おうふう、二〇〇二年）、綿抜豊昭『「膝栗毛」はなぜ愛されたか―糞味噌な江戸人たち』（講談社選書メチエ、二〇〇四年）

【本　文】

岩波文庫（一九七三年）、新編日本古典文学全集（小学館、一九九五年）

なっている、浮いていた底板の上にそのまま乗って入るべきなのでした。

「道中膝栗毛」は、弥次さんと喜多さんが、このような風呂の入り方だけでなく、ごまの灰と呼ばれる掏摸《すり》に騙されたりするなど、様々な失敗をします。二人の繰り広げる失敗がおかしいことはもちろんのこと、二人の失敗を通じて、旅に不慣れな読者は旅の仕方や地方の習俗が学べ、また旅慣れた読者は自己の経験と比較して楽しめることも、人気の理由の一つでした。治安上の不安が少なかった江戸時代は、伊勢神宮に参拝する伊勢参りなどの旅行が大変流行しており、弥次さんと喜多さんの旅行も伊勢参りの流行に乗ったものでした。

「道中膝栗毛」は、同時代に模倣作がいくつもあったほか、明治に入ってからは、仮名垣魯文《かながきろぶん》が、弥次さん喜多さんの子孫がロンドンの博覧会見物に出かける『西洋道中膝栗毛』（明治三年）を書きました。現代でも映画や小説などに、しばしば翻案されています。

「道中膝栗毛」は滑稽本という分野の一作品です。滑稽本というのは非常に大きな分類の仕方なのですが、狭義では、『東海道中膝栗毛』や『浮世風呂』のような、中本《ちゅうほん》という本の大きさ（ほぼB６判）で滑稽味のある作品群を指します。

　滑稽本は、声色や物真似の影響をうけていて、当時の口語をよくあらわしている精緻な会話描写に特徴があります。全体のほとんどを会話文が占め、その合間に地の文や芝居のト書きのような説明の文章が入るという構成です。このような会話文を主とする形式は、洒落本という遊里を描いた小説から引き継がれたものです。遊里を描くことが禁じられた後、洒落本は衰退し、代わりに庶民の生活を題材とした滑稽本が台頭しました。一九の「道中膝栗毛」以外に、銭湯や髪結床などを舞台とした式亭三馬の『浮世風呂』『浮世床』、茶番やいたずらにうち興じる人々を描いた滝亭鯉丈《りゅうていりじょう》の『八笑人《はっしょうじん》』『和合人《わごうじん》』などが有名です。当時の読者は、現代とは異なり、黙読ではなく音読するのが普通でした。滑稽本を読む機会があったら、一頁分でもいいので会話の部分を音読してみてください。明治に入ってからも、二葉亭四迷《ふたばていしめい》が言文一致体の創造に三馬の滑稽本を参考にするなど、近代小説の成立に滑稽本の会話体が影響を与えていることも注目されます。

（吉丸雄哉）

春色梅児誉美

巻十九　遊里に限らず、身近な恋愛事情も写実的に描写した人情本を知る

問題　次の文章は、為永春水《ためながしゅんすい》が著した人情本『春色梅児誉美《しゅんしょくうめごよみ》』の一節です。主人公の丹次郎《たんじろう》（「丹」）は深川芸者米八《よねはち》（「米」）と恋仲ですが、芸者仇吉《あだきち》とも付き合うことになってしまいます。米八は丹次郎にどのようなことを訴え、それに対して丹次郎はなんと釈明しているのでしょうか。

丹「素人《しろうと》じみて妬心《ぢんすけ》をいふが、仇吉は今障子越《しやうじごし》に何とか言葉をかけたが、おらアろくに返事もしはしねへのに、悪推《わるずい》も程があらア　米「そうさねへ。私《わちき》がわるずいいサ。外から声を懸《かけ》て、何のか合図に 笄《かんざし》をほうり込《こん》で行《いつ》たのかへ。とん

だ二番目の狂言だ　丹「わからねへことばかりいふぜ　米「ナゼわからないヱ。コレ是《これ》を御覧。仇吉さんが不断《ふだん》にさしてゐる、〓《むかふうめ》に仇といふ字のさしこみの笄《かんざし》が、何《なん》でこゝにあるのだヱ　丹「ナニ嘘《うそ》をいふぜ。こゝに其様《そん》なものがあるものか　米「アレマアあきれるヨ。サアソレよく眼をあいてごらんナ　丹「どうしたのだかどうも解《げ》せねへ。ふしぎなわけでうたぐりを請《うけ》るものだ（トなにかわからぬいひわけをいふうちに、米八はくやしなみだ、丹次郎にしがみ付いて、やゝひさしくものもいはずにないてゐる）丹「コウ米八、コレサ、マア堪忍《かんにん》しておれがいふことを聞《き》ゝねへヨ。成程《なるほど》仇吉が是《これ》まで信切《しんせつ》らしいことを言《いっ》て、時々爰《こゝ》へ寄《よっ》て、おつなことを言時《いふとき》もあるけれど、何《なに》おれが外《ほか》へ心のうつる様《やう》なことがあるものか。第一《だいゝち》おれがはかない身で、朝晩《あさばん》のことも手めへの厄介《やっかい》、仲《なか》の郷《ごう》から引越《ひっこす》の何《なん》だの角《か》だのと、物入《ものいり》のつゞく中で、着物《きもの》の一枚《いちめへ》づゝも拵《こしらへ》てくれる手めへに対して、浮薄《うわき》なことをして済《すむ》ものか。そりやアほんにヨ。大丈夫だから案じなさんな

【語注】

【素人】娼芸妓に対する、市井《しせい》の女子のこと。【妬心】嫉妬心。

【二番目の狂言】当時、歌舞伎は二本立興行。後の方の狂言を指す。物を投げる演出がよく見られた。

【仲の郷】現在の東京都墨田区向島《むこうじま》辺りの地名。【はかない身】生活の安定していない身。

巻十九

答え

仇吉との浮気に薄々気付いていた米八が丹次郎に対して、家の中で見つけた仇吉のかんざしを浮気の証拠である、として訴えます。それに対し丹次郎は、なんとか彼女をなだめようとして「俺は経済的にも不安定な身の上で、生活は全てお前に頼っているのに、浮気なことをしてすむわけがないと思っている」と釈明します。

現代語訳

丹「素人のようにやきもちを言うものだな。仇吉は今障子越しに何だか言葉をかけてきたが、俺はろくに返事もしてはいないのに、悪推量にもほどがあるだろうよ。」

米「そうだねえ、私の勘繰りすぎなんだろうねえ。外から声をかけて、何かの合図にかんざしを放り込んでいったのかい。とんだ二番目の狂言だよ。」

丹「分からないことばかり言うぜ。」

米「なぜ、分からないのさ。そら、これを御覧なさいな。仇吉さんがいつも挿している（向こう梅）に仇という字がさしこみの飾りになっているかんざしが、なぜここにあるのさ。」

丹「なに、嘘を言うぜ。ここにそんなものがあるものか。」

米「あれまあ、あきれるよ。さあ、それよく目を開けてご覧。」

丹「どうしたのだろうか、どうにもわからねえ。ふしぎなわけで疑われるものだ。」と、（丹次郎が）何か訳の分からない言い訳を言ううちに、米八は悔し涙があふれ、丹次郎にしがみ付いて、少しの間物も言わずに泣いている。

丹「おう米八、これさあ、まあ、堪忍して俺の言うことを聞いてくれよ。確かに、仇吉がこれまで親切なことを言っては時々ここに寄って、おつなことも言うときもあったけれど、俺の心がお前以外の女へ移るようなことがあるものか。だいたい、俺は不安定な身の上で、朝晩の食事もお前へ厄介をかけ、仲の郷からの引っ越しなど、なんだかんだとお金のかかることが続く中で、着物の一枚ずつでも拵えてくれるお前に対して、浮気なことをしてすむわけもあるまい。そりゃあ、本当に、大丈夫だから心配しなさんな。」

『春色梅児誉美』挿絵

『春色梅児誉美《しゅんしょくうめごよみ》』は、天保《てんぽう》三年（一八三二）に初編が刊行され、大変な人気を博しました。本書では、零落《れいらく》した若旦那、丹次郎という美男の主人公をめぐって、彼に尽くす芸者の米八、彼を慕う婚約者のお長、芸者の仇吉という美女達が繰り広げる恋愛関係を中心に描いています。続編『春色辰巳園《しゅんしょくたつみのその》』などのシリーズ物もベストセラーとなりました。

作者・為永春水（一七九〇～一八四三）は、戯作者《げさくしゃ》として出発し、講釈師《こうしゃくし》や書肆《しょし》経営などもした江戸の町人出身の作家です。この『春色梅児誉美』で作家としての評価を不動のものとするものの、天保十三年、天保の改革で咎《とが》められ手鎖《てがね》の刑を受け、その翌年亡くなりました。春水は非常に多くの作品を残しましたが、そのほとんどは為永連《ためながれん》と称される多くの門人達との合作で、企画・立案者としての才能もあった作家だったと言えます。

さて、この場面（三編巻之九）では、仇吉との浮気に薄々気付いていた米八が丹次郎に対して、家の中で見つけた仇吉のかんざしを浮気の証拠である、として訴えます。それに対し丹次郎は、最初上手な言い訳もできずにしどろもどろになりますが、なんとか彼女をなだめようと次のように答えました。「俺の心がお前以外の女へ移るようなことがあるものか。だいたい、俺は経済的にも不安定な身の上で、生活は全てお前に頼っている。それなのに、浮気なことをしてすむわけがないと思っているから、心配するな。」この必死で米八をなだめようとする言葉には、米八を大事に想う気持ちも多少はあるものの、結局言い訳にしかなっていません。この後の場面では、逢引《あいびき》を約束する仇吉への手紙を浮気の証拠として出されるわけですから、丹次郎も結局言葉がなくなります。ただし、当時の女性達がこのような男性を魅力的に思ったからこそ、本書はベストセラーになったわけです。

このように、本書には、イイ男だが不実な男と、そうと知りながらも思い切れない女―現代にもそのまま当てはまるような男女関係が描かれています。当時の読者達も、美男と美女達の繰り広げる恋の鞘当《さやあて》てをわくわくしながら楽しんだのでしょう。本書は最後、お長が丹

もっと読みたい人への読書案内

【研究文献】

武藤元昭「『春色梅児誉美』の成立」（『近世文学俯瞰』汲古書院、一九九七年）、小二田誠二「為永春水『春色梅児誉美』」（『國文學』、一九九〇年八月）、神保五彌『為永春水の研究』（白日社、一九六四年）、『中村幸彦著述集』第四巻（中央公論社、一九八七年）、『山口剛著作集』（中央公論社、一九七二年）

【本　文】

日本古典文学大系（岩波書店、一九六二年）

Note

次郎の正妻になり、米八が妾《めかけ》になる、という形で大団円を迎えます。（仇吉については、『春色辰巳園』で丹次郎の妾となることが描かれます。）

人情本《にんじょうぼん》とは、文政期《ぶんせい》（一八一八～三〇）に始まり、最盛期である天保を経て、明治まで続いた江戸時代後期の小説の一ジャンルです。それまでの洒落本《しゃれ》と比べ、舞台を遊里《ゆうり》に限らず、より読者に身近な恋愛事情を写実的に描きました。筋に創意工夫をこらすというよりは、会話文を中心に、主に恋愛の情趣をいきいきと描いていく点に特徴があります。この「人情本」という名称は、『春色梅児誉美』四編の序文から取られており、ここからも本書が人情本を代表する作品であることがわかります。

（宮本祐規子）

巻二十

腹筋逢夢石

滑稽本『腹筋逢夢石』で見立ての心を知る

問題

①〜⑤は山東京伝《さんとうきょうでん》が著した滑稽本『腹筋逢夢石《はらすじおうむせき》』の中の絵です。これらは、あるものの物真似をしています。それぞれ、何の物真似でしょうか。

①

②

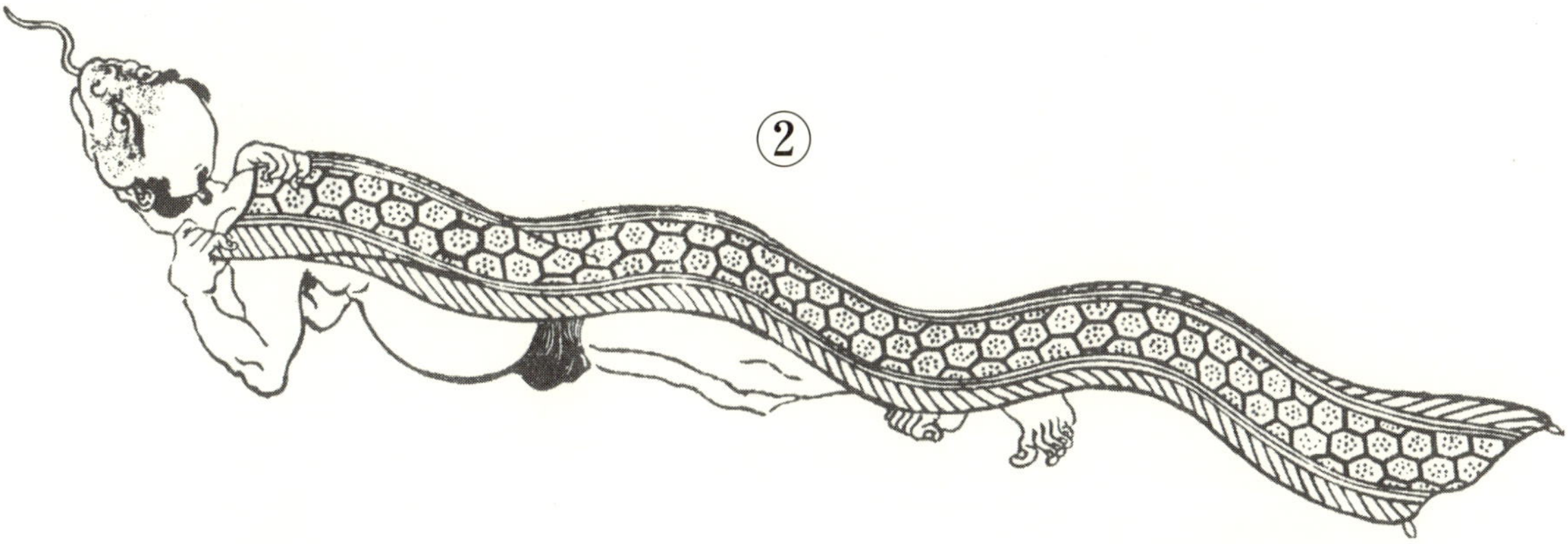

③

④

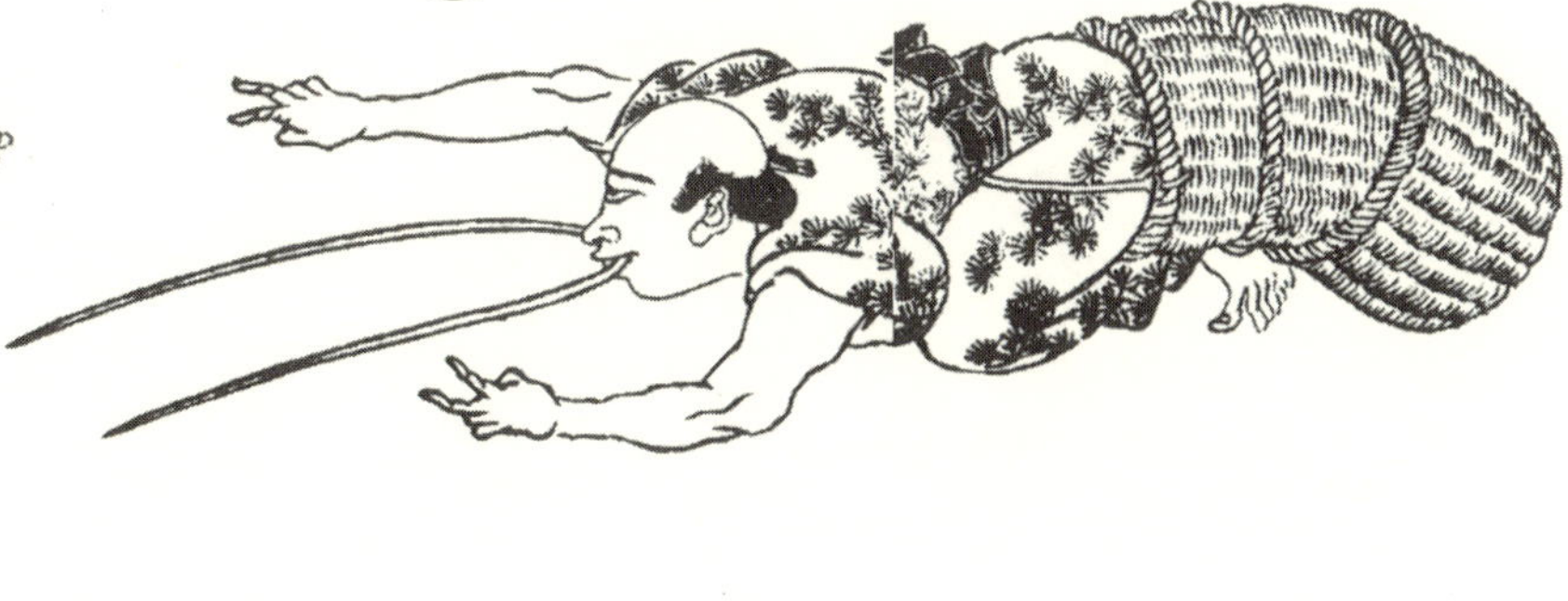

⑤

国会図書館蔵

巻二十

物真似で遊ぼう——四十九歳の山東京伝が売り出した『腹筋逢夢石』には、戯作の本質と日本文学を支えた見立ての心があるのです。

答え

① 鶏

② 蛇（蛙《かいる》を飲んだ蛇）

③ 蝙蝠《こうもり》

④ 手長蝦《えび》

⑤ 蠟燭《ろうそく》（蠟燭の流）

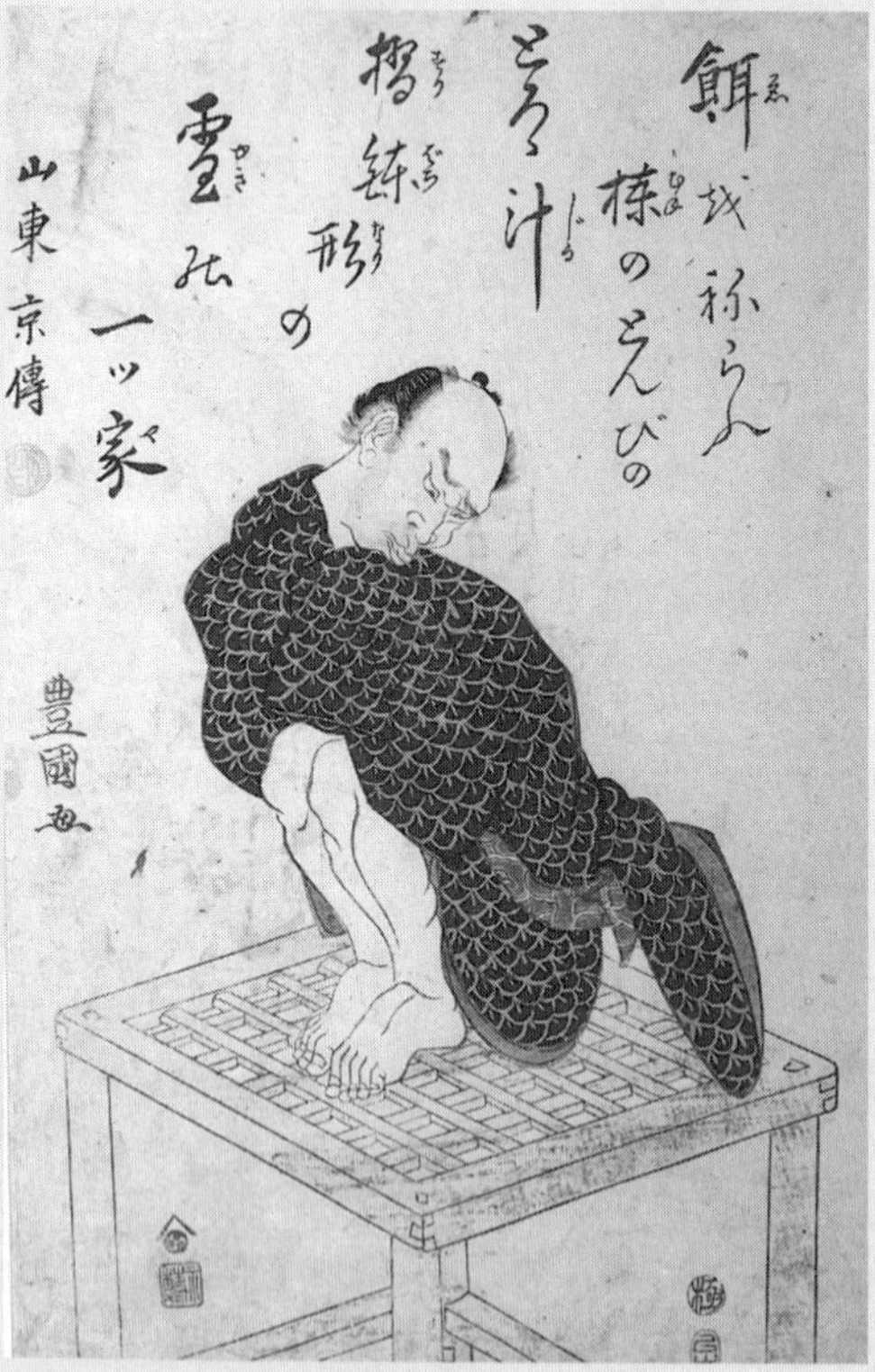

とんび（歌川豊国の「介科絵《みぶりえ》」シリーズ）

◎『腹筋逢夢石』が出版されたのと同じ月に、別の版元から出された浮世絵。本と同じ、京伝・豊国のコンビで制作されている。

仙台市博物館蔵

『腹筋逢夢石』に添えられた角書《つのがき》（書名の頭につける傍題）は「鳥獣魚虫草木器物介科口技《とりけだものうをむしさうもくきぶつみぶりこはいろ》」です。それで内容は一目瞭然でしょう。人間以外の物真似で遊ぼうという本なのです。絵で見せるだけでなく、そのものになりきって笑わせる文章が添えられており、絵と文で楽しませてくれます。

山東京伝（一七六一～一八一六）は浮世絵師北尾政演《きたおまさのぶ》としてデビューし、黄表紙の作者兼画工として成功した後は、洒落本・読本《よみほん》・滑稽本・合巻《ごうかん》で活躍しました。またデザイナー・コピーライターとしても有名です。『腹筋逢夢石』初編は、彼が四十九歳の時、文化六年（一八〇九）七月に売り出されました。挿絵を描いたのは役者絵を得意とした歌川豊国《うたがわとよくに》（一七六九～一八二五）。当時、京伝と組んで合巻《ごうかん》や読本で演劇趣味の華麗な本を次々に出し、大評判をとっていた所でしたから、それとはがらりと雰囲気を変えた卑俗で滑稽な本書の絵柄は、読者の意表をどれだけついたことでしょう。大きな反響を呼んで、矢継ぎ早に二・三編が出るばかりでなく、早々に浮世絵も発売され、また弟の山東京山《さんとうきょうざん》も姉妹編を刊行して人気を盛り上げました。文化七年十二月には、これまでの物真似で忠臣蔵を演じるという『座敷芸忠臣蔵《ざしきげいちゅうしんぐら》』を出し、シリーズのフィナーレを飾っています。

設問では、初編から三編にある物真似を並べてみました。①は、子供が疱瘡《ほうそう》（天然痘）にかかった時に使う魔よけの茜《あかね》の頭巾《ずきん》・紅絞《べにしぼ》りの手拭をつけ、唐傘《からかさ》を使い物にならなくなるのを覚悟で尻に挟んで鶏。②は亀甲《きっこう》つなぎ（六角形の連続模様）の帯を蛇の肌に見立てています。中年男性のよく出たお腹や汗をかいてぬらぬらしている所をうまく利用し、こよりをくわえて舌に見せる工夫が自慢のようです。③の蝙蝠は黒いしゃもじを頭につけて、黒い着物でできあがり。④の手長蝦は長屋中のざるを集めた力作。⑤の蠟燭は、したたる蠟を手拭で表現していて、風邪を引く覚悟のいる物真似だと書かれています。

ところで、書名の「おうむせき」とは本来は「鸚鵡石」とて、歌舞伎の名ぜりふを抜き書きした小冊子の総称です。人の声を反響する石のことを鳥の鸚鵡《おうむ》にちなんで鸚鵡石と言いますが、そこから名前をとったようです。芝居の余韻を楽しんだり、物売りの口上や宴会芸などで親しまれていた声色《こわいろ》（物真似）の練習のために利用されていました。それを踏まえて、本シリーズは宴会芸を意識した作りになっています。絵にあるように、道具は簡単に宴会場に持って行けるものか、その場で調達できるものばかり。この頃、「茶番《ちゃばん》」などと呼ばれた素人が行う芝居の真似が盛んに行われていましたので、読んで楽しむことはもちろん、実用書でもあったのでしょう。ですから、物真似で遊ぶ本といっても、子供のための本ではありません。物真似の絵に芭蕉や其角《きかく》の句を添え、気取った演出がされている大人の遊び本です。実際に、どこを開いても物真似をしているのは年齢を重ねた大の男なのです。

妻に鶏《にわとり》名人になっても飯の種にならない、恥ずかしいからやめてくれと止められた人が、

馬鹿なことをするなと言ふのか。俺はこんな身ぶりが骨《こつ》髄《ずい》好きで、今夜身ぶりに行くが、たつて止めれば、夫婦の縁もこれぎりだぞ。

と言います。彼のこの言に代表されるように、ここで物真似を演じている男たちは、「なんでも褒められさへすれば、腕一本くらいはいらぬ〳〵」という意気込みで、恥も外聞もなく物真似に没頭しているのです。

もしかすると、この本の大ヒットのツボはそこにあったのではないかと思われてなりません。大の大人が精魂を傾けて馬鹿なことをする。それが戯作《げさく》の本質だからです。江戸時代の人々のきまじめさの一端かもしれませんが、くだらないことを真剣にやる姿に笑いを見出していました。だからこの物真似は、若者やプロの芸人の姿で描くより数倍面白いのです。

それから、身近な小道具の思いがけない使い方も楽しいですね。戯作の面白さの一つに、言葉や形態の類似を手がかりに、発想の飛躍を楽しむということがあります。「見立て」の面白さです。

見立て――それはつまり、思いもかけないもので何か別のものを想像させるということですが、それは何も戯作の専売特許ではなく、実のところ日本文学の中でずっと培われてきた技能なのです。目の前のものと二重写しになっているものの両方を味わうという、欲張りで複雑な感受性の上に成立するこの知的な喜びを、戯作では笑いのために用いているというわけです。京伝は画と文両面に対する優れた感受性を発揮して、こうした見立ての名手となり、『奇妙図彙《きみょうずい》』・『小紋裁《こもんさい》』(後に増補して『小紋雅話《こもんがわ》』)・『小紋新法《こもんしんぽう》』・『絵兄弟《えきょうだい》』など多くの見立て絵本を残しています。

見立て絵本も滑稽本の一種です。『日本古典文学大辞典』(岩波書店)で浜田啓介氏が言われるように、狭義には、享和二年(一八〇二)の十返舎一九《じっぺんしゃいっく》作『道中膝栗毛《どうちゅうひざくりげ》』にはじまる一群の商業的滑稽小説類を指しますが、実際には小説のジャンル分けを飛び越えた多種多様の本があります。もちろん、その表現方法も実に様々です。例えば本シリーズでも、初編と『座敷芸忠臣蔵』は、紙面に画と文が入り交じる書き方、二・三編は、滑稽本で名高い『道中膝栗毛』や式亭三馬《しきていさんば》作『浮世風呂《うきよぶろ》』などと同じように、文と画がページ毎に独立している書き方をしています。また漢字学習の教本『小野篁歌字《おののたかむらうたじ》尽《づくし》』をパロディ化した式亭三馬の『小野䇾譃字尽《おのがばかむらうそじづくし》』のように、本を丸ごと真似るものもありました。様式を重んじる江戸の出版物では、ジャンルごとに定型があるのが常ですが、滑稽本はこうして一筋縄ではいかないのです。

うまいことに、江戸時代の印刷は木版刷りでしたから、作り手は読者の目を驚かせるために、いかようにも紙面を自由に構成することができました。そのアイデアの豊富さを味わうのも、こうした滑稽本の楽しみとなるでしょう。そして、未だ整理をつけられないほどの滑稽本の多様さこそが、江戸時代の人々が持つ笑いへの情熱を表しているのかもしれません。(津田眞弓)

もっと読みたい人への読書案内

【研究文献】 浜田直嗣「歌川豊国の介科絵」（「浮世絵芸術」、一九七二年五月）、中野三敏「見立絵本の系譜―「百化鳥」の余波」（『戯作研究』、中央公論社、一九八一年）、延広真治「『小紋裁後編小紋新法』―影印と註釈（一〜九）」（「江戸文学」、一九九二年二月〜一九九四年七月）、小林ふみ子他『江戸見立本の研究』（汲古書院、二〇〇六年）

【本　文】 江戸戯作文庫『腹筋逢夢石』『座敷芸忠臣蔵』（河出書房新社、一九八四・八五年）、新日本古典文学大系『異素六帖・古今俄選・粋宇瑠璃・田舎芝居』（岩波書店、一九九八年。＊「絵兄弟」所収）、谷峯蔵『遊びのデザイン―山東京伝「小紋雅話」』（岩崎美術社、一九八四年）

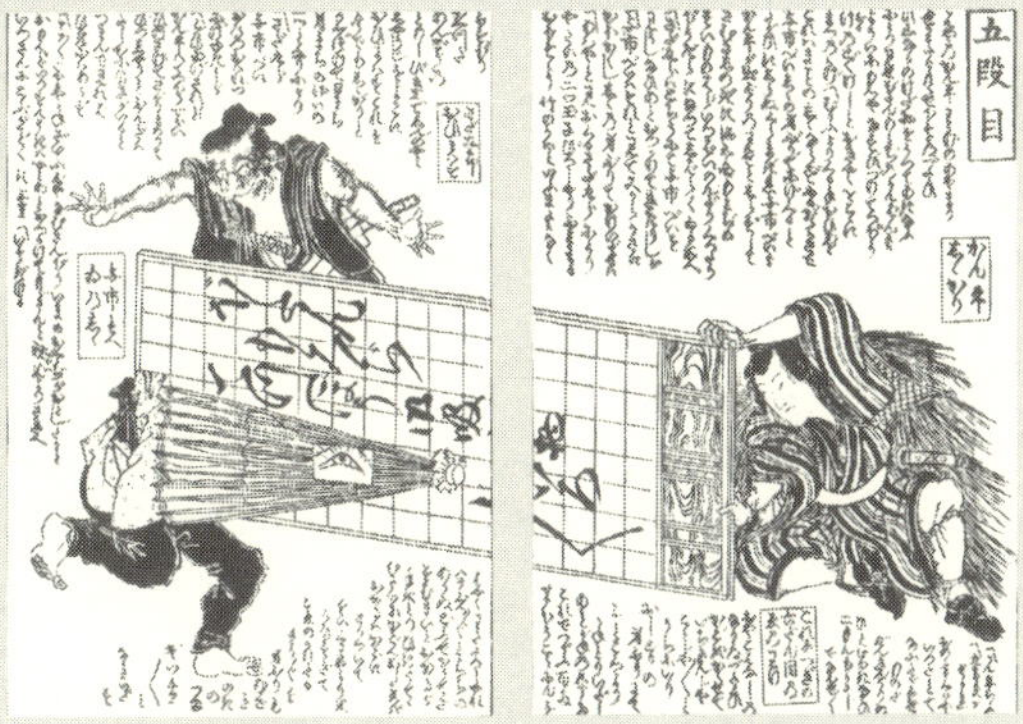

『座敷芸忠臣蔵』
◎五段目。傘を使った猪の後ろには、「ぼたん（猪肉）、もみじ（鹿肉）、鉄砲（フグ）、御吸物いろいろ」とあり、この場面で重要な役割を果たす猪や鉄砲を、料理のメニューとして描いて茶化している。
国会図書館蔵

京伝店《きょうでんみせ》開店の引き札（チラシ）
◎絵文字を使った判じ物になっていて、大評判になった。本文一行目、香（こう）の上に錠（じょう）がある。レ点で下から上に読んで、「香錠」（口上）。　宮武外骨『山東京伝』（吉川弘文館、1916年）

「鼠小紋」（『小紋雅話』）
◎本来、鼠小紋とは、鼠色の小紋柄（細かい模様を散らした型染め）を言うが、鼠の模様にしたところが面白い。鼠のおもちゃ（本来は兎）の並び方も古典的な青海波模様（波を描いた連続模様）になっている。
国文学研究資料館蔵

牛若丸と居合い抜き（『絵兄弟』）
◎古典文学などで広く知られているものと卑俗なものを「兄弟」として並べて笑《わら》う本。其角の『句兄《くきょう》弟』のパロディでもある。図版は、五条の橋の上で弁慶と勝負する牛若丸と、大道芸の一種で芸を見せながら薬を売った居合い抜き。
『新日本古典文学大系』所収

江戸時代文学史略年表

年号	西暦	文学記事	関連記事
慶長 三	一五九八	信長公記（太田牛一）成か	
七	一六〇二	犬枕（秦宗巴）成か	
十七	一六一二	恨の介成か	
十八	一六一三	寒川入道筆記成	
十九	一六一四	浄瑠璃十二段草子成か	大坂冬の陣
元和 元	一六一五		大坂夏の陣、武家諸法度 禁中並公家諸法度
二	一六一六	古活字版伊曽保物語刊	
三	一六一七	類字名所和歌集（里村昌琢）刊	
八	一六二二	信長記（小瀬甫庵）刊	
九	一六二三	醒睡笑（安楽庵策伝）成 竹斎（富山道冶）刊か	徳川家光、将軍となる
寛永 元	一六二四	きのふはけふの物語刊か 露殿物語成か 大坂物語刊か 聚楽物語刊か	
二	一六二五	太閤記（小瀬甫庵）成	智仁親王から後水尾天皇への古今伝授
四	一六二七	長者教刊	
六	一六二九		紫衣事件
八	一六三〇	中華若木詩抄刊	

九	一六三二	薄雪物語刊	
十	一六三三	犬子集（重頼）刊 誹諧発句帳（立圃）刊	
十三	一六三六	はなひ草（立圃）成 新撰狂歌集刊	
十四	一六三七	女訓抄刊	島原の乱起こる
十五	一六三八	清水物語（朝山意林庵）刊 丙辰紀行（林羅山）刊	島原の乱鎮圧
十六	一六三九	仁勢物語成	鎖国体制の確立
十七	一六四〇	あだ物語（三浦為春）刊	
十八	一六四一	誹諧初学抄（徳元）刊	
十九	一六四二	鷹筑波集（西武）刊 可笑記（如儡子）刊	参勤交代制度の確立
二十	一六四三	新増犬筑波集（貞徳）刊 歌林良材集刊 祇園物語刊	
正保二	一六四五	毛吹草（重頼）刊	
四	一六四七	悔草（井上小左衛門）刊	
慶安元	一六四八	山の井（季吟）刊 正章千句（貞室）刊 徒然草鉄槌（青木宗胡）刊	
二	一六四九	挙白集（木下長嘯子）刊 吾吟我集（未得）成 望一千句（望一）刊 翁問答（中江藤樹）刊	慶安御触書の公布
四	一六五一	御傘（貞徳）刊	慶安事件、由井正雪自刃

年号	西暦	文学記事	関連記事
承応元	一六五二	守武千句（守武）刊	若衆歌舞伎の禁止
二	一六五三	犬つれづれ刊	
三	一六五四	糺物語（日心）刊・武者物語刊	
明暦元	一六五五	紅梅千句（貞徳）刊	投節の流行
		嶋原集刊	
		難波物語刊	
		二人比丘尼（鈴木正三）刊	
二	一六五六	いな物刊・甲陽軍艦刊・ね物語刊	
三	一六五七	他我身之上（山岡元隣）刊	明暦大火、新吉原の形成
万治元	一六五八	京童（中川喜雲）刊	金平浄瑠璃の流行
		異国物語刊・見ぬ世の友（辻原元甫）刊	
二	一六五九	堪忍記（浅井了意）刊・見ぬ京物語刊	
		私可多咄（喜雲）刊・百物語刊	
		竹斎狂歌物語刊か	
		東海道名所記（了意）成か	
三	一六六〇	松葉名所和歌集（宗恵）成	
		可笑記評判（了意）刊	
		智恵鑑（元甫）刊	
寛文元	一六六一	本朝女鑑（了意）刊	
		耳底記（細川幽斎）刊	
		因果物語（正三）刊	
		むさしあぶみ（了意）刊	
		女郎花物語（季吟）刊	
		土佐日記抄（季吟）刊	

二	一六六二	徒然草抄（加藤磐斎）刊 江戸名所記（了意）刊 羅山先生詩文集（羅山）刊	伊藤仁斎、古義堂を開く
三	一六六三	かなめいし（了意）刊か	殉死禁令
四	一六六四	佐夜中山集（重頼）刊 扶桑隠逸伝（元政）刊	
五	一六六五	京雀（了意）刊 浮世物語（了意）刊か	
六	一六六六	伽婢子（了意）刊 古今夷曲集（行風）刊 釈迦八相物語刊	
八	一六六八	一休はなし刊	
九	一六六九	黄葉和歌集（烏丸光広）刊	シャクシャインの乱
十	一六七〇	塵塚俳諧集（徳元）刊	
十一	一六七一	堀川百首題狂歌集（正式）刊 覆醤集（石川丈山）刊	
十二	一六七二	後撰夷曲集（行風）成 貝おほひ（芭蕉）成 狂歌咄（了意）刊 草山和歌集（元政）刊 小さかづき（元隣）刊	
延宝元	一六七三	生玉万句（西鶴）刊	
二	一六七四	渋団（去法師）刊	
三	一六七五	独吟一日千句（西鶴）刊 渋団返答（惟中）刊 談林十百韻（松意）刊	

年号	西暦	文学記事	関連記事
五	一六七七	大句数（西鶴）刊	
		たきつけ・もえぐゐ・けしずみ刊	
六	一六七八	色道大鏡（藤本箕山）序	
七	一六七九	仙台大矢数（三千風）刊	
		銀葉夷曲集（行風）刊	
八	一六八〇	伊勢物語拾穂抄（季吟）刊	徳川綱吉、将軍となる
		軽口大わらひ（山雲子）刊	
天和 元	一六八一	都風俗鑑刊・中朝事実（山鹿素行）刊	
二	一六八二	好色一代男（井原西鶴）刊	
		戴恩記（貞徳）刊	
三	一六八三	虚栗（其角）刊	
		世継曾我（近松門左衛門）刊	
貞享 元	一六八四	諸艶大鑑（西鶴）刊	
		冬の日（荷兮）刊	
二	一六八五	西鶴諸国はなし（西鶴）刊	初代市川団十郎、荒事を創始
		出世景清（近松）初演	
三	一六八六	好色五人女・好色一代女（西鶴）刊	
		本朝二十不孝（西鶴）刊	
		鹿の巻筆（鹿野武左衛門）刊	
四	一六八七	武道伝来記・懐硯・男色大鑑（西鶴）刊	
元禄 元	一六八八	万葉代匠記（契沖）刊	
		日本永代蔵・武家義理物語（西鶴）刊	
二	一六八九	一目玉鉾（西鶴）刊	
三	一六九〇	幻住庵記（芭蕉）成	

		万葉拾穂抄（季吟）刊 死霊解脱物語刊	
四	一六九一	猿蓑（凡兆・去来）刊 軽口露がはなし（露の五郎兵衛）刊	
五	一六九二	世間胸算用（西鶴）刊・狗張子（了意）刊	この頃、前句付が流行する
六	一六九三	西鶴置土産（西鶴）刊	
七	一六九四	奥の細道（芭蕉）成 炭俵（野坡ほか）・句兄弟（其角）刊 西鶴織留（西鶴）刊	
八	一六九五	西鶴俗つれづれ（西鶴）刊	元禄改鋳
九	一六九六	万の文反古（西鶴）刊 古今武士鑑（椋梨一雪）刊	
十	一六九七	俳諧問答（去来・許六）刊 江戸土産刊	
十一	一六九八	怪談全書（羅山）刊 新色五巻書（西沢一風）刊	
十二	一六九九	西鶴名残の友（西鶴）刊 役者口三味線（江島其磧）刊 仏の兄（鬼貫）刊	
十三	一七〇〇	御前義経記（一風）刊 梨本集（戸田茂睡）刊	
十四	一七〇一	けいせい色三味線（其磧）刊 露五郎兵衛新ばなし刊	
十五	一七〇二	元禄大平記・元禄曾我物語（都の錦）刊	赤穂浪士、吉良邸へ討入り
十六	一七〇三	好色敗毒散（夜食時分）刊 風流今平家（一風）刊	豊竹若大夫、豊竹座を創設

年号	西暦	文学記事	関連記事
宝永元	一七〇四	曾根崎心中（近松）初演 去来抄（去来）・三冊子（土芳）成 金玉ねぢぶくさ（草花堂）刊 落葉集（扇徳）刊	時事歌謡・狂歌の禁止 浅間山大噴火
二	一七〇五	傾城武道桜（一風）刊 棠大門屋敷（錦文流）刊	
三	一七〇六	本朝文選（許六）刊 風流曲三味線（其磧）刊 心中二枚絵草紙（近松）初演	
四	一七〇七	昼夜用心記（団水）刊 堀川波鼓・心中重筒井（近松）初演	富士山大噴火、宝永山出現
五	一七〇八	けいせい反魂香（近松）初演 風流三国志（一風）刊	
六	一七〇九	子孫大黒柱・今様二十四孝（月尋堂）刊 椀久末松山（紀海音）この頃初演	綱吉没し生類憐みの令廃止 新井白石登用
七	一七一〇	野白内証鑑（其磧）刊 傾城伝受紙子（其磧）刊	
正徳元	一七一一	傾城禁短気（其磧）刊 冥途の飛脚（近松）初演	
二	一七一二	野傾旅葛籠（其磧）刊 商人軍配団（其磧）刊	
三	一七一三	日本新永代蔵・本朝智恵鑑（団水）刊	
五	一七一五	世間息子気質（其磧）刊 大経師昔暦・国性爺合戦（近松）初演	

享保 元	一七一六	世間娘気質（其磧）刊	徳川吉宗、将軍となる
二	一七一七	鑓の権三重帷子（近松）初演	享保の改革
五	一七二〇	浮世親父形気（其磧）刊 心中天網島（近松）初演	
七	一七二二	心中宵庚申（近松）初演	
十二	一七二七	南郭先生文集初編（服部南郭）刊 徂徠先生答問書（荻生徂徠）刊 田舎荘子（佚斎樗山）刊	
十三	一七二八	両巴巵言（撃鉦先生）刊	
十四	一七二九	狂歌家土産（貞柳）刊	
十六	一七三一	雅筵酔狂集（白玉翁）刊	
十七	一七三二	壇浦兜軍記（文耕堂他）初演	江戸にて打ちこわし頻発
十九	一七三四	蘆屋道満大内鑑（初代竹田出雲）初演	
元文 三	一七三八	難波土産（以貫）刊	
四	一七三九	ひらかな盛衰記（文耕堂他）初演	
寛保 二	一七四二	国歌八論（荷田在満）成 国歌八論余言（田安宗武）成 国歌八論余言拾遺（賀茂真淵）成	
三	一七四三	鎌倉諸芸袖日記（多田南嶺）刊 小説精言（岡白駒訓訳）刊	
延享 二	一七四五	夏祭浪花鑑（並木宗輔ほか）初演	吉宗、退隠する
三	一七四六	菅原伝授手習鑑（初代出雲ほか）初演	
四	一七四七	義経千本桜（二世出雲ほか）初演	
寛延 元	一七四八	仮名手本忠臣蔵（二世出雲ら）初演	
二	一七四九	英草紙（都賀庭鐘）刊	

年号	西暦	文学記事	関連記事
		苅萱道心行状記（春張子）刊	
		双蝶々曲輪日記（松洛ら）初演	
三	一七五〇	武玉川（慶紀逸）初編刊	
宝暦 元	一七五一	一谷嫩軍記（宗輔ら）初演	
		元明史略（後藤芝山）刊	
二	一七五二	当世下手談義（静観坊好阿）刊	談義本の流行
		世間母親容気（南嶺）刊	
三	一七五三	小説奇言（白駒）刊	
		けいせい天羽衣（正三）初演	
四	一七五四	俳諧金砂子（晩成斎）刊	
		銭湯新話（伊藤単朴）刊	
七	一七五七	異素六帖（沢田東江）刊	
		森岡貢物語（馬場文耕）成	
		冠辞考（真淵）刊	
		川柳評万句合（柄井川柳）刊	
八	一七五八	皿屋敷弁疑録（文耕）成	宝暦事件
		小説粋言（沢田一斎）刊	
		詩書古伝（太宰春台編）	
十	一七六〇	万葉考（真淵）成	
		東奥紀行（長久保赤水）成	
		太史公助字法（皆川淇園）刊	
十一	一七六一	須磨浦青葉笛（房信）刊	
十二	一七六二	教訓差出口（単朴）刊	
十三	一七六三	風流志道軒伝・根南志具佐（平賀源内）刊	

明和元	一七六四	雅遊漫録（大枝流芳）刊 詩学逢原（祇園南海）刊 紫文要領・石上私淑言（本居宣長）成	
二	一七六五	歌意考（真淵）成 歌文要語（建部綾足）刊 勧善桜姫伝（大江文坡）刊 国意考・にひまなび（真淵）成 誹風柳多留（可有）初編刊	
三	一七六六	本朝廿四孝（近松半二）初演 諸道聴耳世間猿（上田秋成）刊 繁野話（庭鐘）刊	蕪村ら三菓社を結成
四	一七六七	寝惚先生文集（大田南畝）刊 世間妾形気（秋成）刊 かざし抄（富士谷成章）刊	明和事件
五	一七六八	雨月物語（秋成）初稿成 西山物語（綾足）刊	
六	一七六九	語意考（真淵）成 太平楽府（銅脈先生）刊 近江源氏先陣館（半二ら）初演	
七	一七七〇	神霊矢口渡（源内）刊 世間化物気質（大梁）刊 風流茶人気質（亀友）刊 辰巳之園（夢中散人）刊 遊子方言（田舎老人多田爺）刊	
八	一七七一	直毘霊（宣長）成 淇園詩話（皆川淇園）刊	

年号	西暦	文学記事	関連記事
安永元	一七七二	日本詩史（江村北海）刊 秋の日（暁台）刊 鹿の子餅（卯雲）刊	田沼意次、老中となる
二	一七七三	此ほとり（蕪村）刊 あけ烏（几董）刊 本朝水滸伝（建部綾足）前編刊 聞上手（小松屋百亀）刊	
三	一七七四	問学挙要（皆川淇園）刊 日本詩選（北海）刊 解体新書（杉田玄白ら）刊	
四	一七七五	物類称呼（越谷吾山）刊 去来抄（去来）刊 甲駅新話（南畝）刊 金々先生栄花夢（恋川春町）刊 坂東忠義伝（三木成久）刊	黄表紙の刊行始まる
五	一七七六	雨月物語（秋成）刊 高慢斎行脚日記（春町）刊 三冊子（土芳）刊	
六	一七七七	和訓栞（谷川士清）第一編刊 売花新駅（朱楽菅江）刊 新虚栗（麦水）刊 夜半楽（蕪村）刊 春泥句集（召波）刊 親敵討腹鼓（朋誠堂喜三二）刊	

七	一七七八	桃太郎後日噺（喜三二）刊 新花摘（蕪村）成 脚結抄（成章）刊	ロシア船、蝦夷地に来航
八	一七七九	契情買虎之巻（田螺金魚）刊 美地の蠣殻（蓬莱山人帰橋）刊 無益委記（恋川春町）刊 群書類従（塙保己一）編纂開始	
九	一七八〇	桃李（蕪村）刊 風来六部集（源内）刊 新版歌祭文（半二）初演	
天明元	一七八一	宇比麻奈備（真淵）刊 菊寿草（南畝）刊	
二	一七八二	花鳥篇（蕪村）刊 御存商売物（山東京伝）刊 岡目八目（南畝）刊	天明大飢饉始まる
三	一七八三	万載狂歌集（南畝）刊 狂歌若葉集（唐衣橘洲）刊 諸芸独自慢（福隅軒蛙井）刊 長生見度記（喜三二）刊 蘭学階梯（大槻玄沢）成	浅間山大噴火
四	一七八四	南海先生文集（田中由恭編）刊 蕪村句集（几董）刊 従夫以来記（万象亭）刊	
五	一七八五	徳和歌後万載集（南畝）刊 令子洞房（京伝）刊 江戸生艶気樺焼（京伝）刊	

年号	西暦	文学記事	関連記事
		大悲千禄本（芝全交）刊 莫切自根金生木（唐来参和）刊	
六	一七八六	田舎芝居（万象亭）刊 吾妻曲狂歌文庫（宿屋飯盛）刊 莠句冊（庭鐘）刊	
七	一七八七	古今狂歌袋（飯盛）刊 鶉衣（也有）前編刊 書初機嫌海（秋成）刊 通言総籬（京伝）刊	松平定信が老中となり、寛政の改革始まる
八	一七八八	近世畸人伝（伴蒿蹊）成 文武二道万石通（喜三二）刊 悦贔屓蝦夷押領（春町）刊	
寛政元	一七八九	鸚鵡返文武二道（春町）刊 孔子縞于時藍染（京伝）刊 天下一面鏡梅鉢（参和）刊	
二	一七九〇	古事記伝（宣長）刊 心学早染草（京伝）刊 傾城買四十八手（京伝）刊	寛政異学の禁
三	一七九一	癇癖談（秋成）刊 寛政三年紀行（一茶）成	
四	一七九二	仕懸文庫（京伝）刊 玉あられ（宣長）	塙保己一により和学講談所創立・林子平処罰される・ロシア使節ラクスマン根室に来航
六	一七九四	橘窓文集（雨森芳洲）刊	

七	一七九五	源平盛衰記図会（秋里籬島）刊 西遊記・東遊記（橘南谿）刊 玉勝間（宣長）初編刊 たびしうゐ（一茶）刊	
八	一七九六	敵討義女英（楚満人）刊 五大力恋緘（並木五瓶）初演 波留麻和解（稲村三伯ら編）刊 振分髪（小沢蘆庵）刊	
九	一七九七	高尾船字文（曲亭馬琴）刊 喜美談話（烏亭焉馬）刊 絵本太閤記（武内確斎）初編刊 新花摘（蕪村）刊	
十	一七九八	古事記伝（宣長）成 鈴屋集（宣長）刊 さらば笠（一茶）刊 辰巳婦言（式亭三馬）刊	
十一	一七九九	西洋画談（司馬江漢）成 源氏物語玉の小櫛（宣長）刊 初山踏（宣長）刊 忠臣水滸伝（京伝）前編刊	
十二	一八〇〇	布留の中道（蘆庵）刊 狂歌うひまなび（橘洲）刊	昌平坂学問所できる 伊能忠敬、蝦夷地を測量する
享和 元	一八〇一	父の終焉日記（一茶）成	
二	一八〇二	稗史億説年代記（三馬）刊 東海道中膝栗毛（十返舎一九）初編刊 うけらが花（加藤千蔭）刊	

年号	西暦	文学記事	関連記事
三	一八〇三	錦城百律（大田錦城）成 花月草紙（松平定信）刊 奇妙図彙（京伝）刊	
文化 元	一八〇四	山陽文稿（頼山陽）成	レザノフ長崎に来航
二	一八〇五	桜姫全伝曙草紙（京伝）刊 石言遺響（馬琴）刊 稚枝鳩（馬琴）刊 藤簍冊子（秋成）刊	
三	一八〇六	賀茂翁家集（真淵）刊 義経磐石伝（庭鐘）刊 昔話稲妻表紙（京伝）刊 椿説弓張月（馬琴）刊 酩酊気質（三馬）刊 戯場粋言幕の外（三馬）刊	
四	一八〇七	於六櫛木曾仇討（京伝）刊 新累解脱物語（馬琴）刊 椿説弓張月前編（馬琴）刊 翁丸物語（一九）刊 五山堂詩話（菊池五山）巻一刊	
五	一八〇八	春雨物語（秋成）成 胆大小心録（秋成）成 三七全伝南柯夢（馬琴）刊 天羽衣・飛騨匠物語（石川雅望）刊 近世怪談霜夜星（柳亭種彦）刊	間宮林蔵、樺太を探検する

六	一八〇九	新撰狂歌百人一首（飯盛）刊 浮世風呂（三馬）初編刊	
七	一八一〇	夢想兵衛胡蝶物語（馬琴）刊 続膝栗毛（一九）初編 阿古義物語（三馬）刊 琴後集（村田春海）刊	
八	一八一一	絵本合法衢（鶴屋南北）初演 新学異見（香川景樹）刊 六帖詠草（蘆庵）刊	蛮書和解御用設置
九	一八一二	黄葉夕陽村舎詩（菅茶山）正編刊 四十八癖（三馬）初編刊	
十	一八一三	言志録（佐藤一斎）成 双蝶記（京伝）刊 浮世床（三馬）初編刊 お染久松色読販（南北）初演	
十一	一八一四	南総里見八犬伝（馬琴）刊 綟手摺昔木偶（種彦）刊	
十二	一八一五	正本製（種彦）初編刊 蘭学事始（玄白）刊	
十四	一八一七	桜姫東文章（南北）初演	
文政元	一八一八	古史徴（平田篤胤）刊 七番日記（一茶）成	
二	一八一九	群書類従（保己一）正編刊 随斎諧話（成美）刊 清談峯初花（一九）前編刊 明烏後正夢（滝亭鯉丈）初編刊	

年号	西暦	文学記事	関連記事
		類題草野集（木村定良）刊	
三	一八二〇	おらが春（一茶）成 画傀儡二面鏡（種彦）刊 花暦八笑人（鯉丈）初編刊	
五	一八二二	鵬斎先生詩鈔（亀田鵬斎）刊	
六	一八二三	滑稽和合人（鯉丈）初編刊	シーボルト、長崎へ来る
七	一八二四	言語四種論（鈴木朖）刊 金毘羅船利生纜（馬琴）初編刊	
八	一八二五	傾城水滸伝（馬琴）初編刊 東海道四谷怪談（鶴屋南北）初演	異国船打払令発令
九	一八二六	雅言集覧（雅望）一部刊	
十	一八二七	日本外史（山陽）成	
十一	一八二八	類題和歌鰒玉集（加納諸平）初編刊 愚山文稿（松本愚山）刊	
十二	一八二九	一茶発句集（一茶）刊 近世説美少年録（馬琴）初集刊 偐紫田舎源氏（種彦）初編刊	
天保元	一八三〇	桂園一枝（景樹）刊 三国妖狐殺生石（五柳亭徳升）刊	
二	一八三一	仮名文章娘節用（曲山人）初編刊 古今和歌六帖標注（山本明清）成	
三	一八三二	春色梅児誉美（為永春水）初二編刊 黄葉夕陽村舎文（茶山）刊	
四	一八三三	春色辰巳園（春水）初二編刊	天保の大飢饉始まる

五	一八三四	洗心洞劄記（大塩平八郎）成 近世物之本江戸作者部類（馬琴）成	水野忠邦、老中となる
六	一八三五	邯鄲諸国物語（種彦）刊 鳩翁道話（柴田鳩翁）刊	
七	一八三六	古今和歌集正義（景樹）総論序注刊 春告鳥（春水）初編刊	
八	一八三七	大扶桑国考（篤胤）刊 北越雪譜（鈴木牧之）刊	大塩平八郎の乱
九	一八三八	調の直路（八田知紀）成 慎機論（渡辺崋山）成	
十	一八三九	戊戌夢物語（高野長英）成 児雷也豪傑譚（美図垣笑顔他）初二編刊 古史本辞経（篤胤）成	蛮社の獄
十一	一八四〇	勧進帳（三世並木五瓶）初演 湖山楼百律（小野湖山）刊 瓊浦集（中島広足）刊	
十二	一八四一	春色梅美婦禰（春水）刊 山陽遺稿（山陽）刊	天保の改革、江戸歌舞伎三座移転
十三	一八四二	雲萍雑志（柳沢淇園）刊	春水・種彦筆禍を受ける
十四	一八四三	狂歌百人一首（南畝）刊	
弘化 二	一八四五	釈迦八相倭文庫（万亭応賀）初編刊	
三	一八四六	和歌うひまなび（鈴木重胤）成	
嘉永 元	一八四八	京鹿子娘道成寺（京山）刊 類題和歌鴨川集（長沢伴雄）刊	
二	一八四九	著作堂一夕話（馬琴）刊 武江年表（斎藤月岑）巻四迄刊	

年号	西暦	文学記事	関連記事
五	一八五二	白縫譚（柳下亭種員他）初編刊 仏山堂詩鈔（村上仏山）初編刊 児雷也豪傑譚話（河竹黙阿弥）初演	
安政 元	一八五四	都鳥廓白波（黙阿弥）初演	ペリー、浦賀に再び来航、日米和親条約
二	一八五五	利根川図志（赤松宗旦）成 安政見聞誌（仮名垣魯文）刊	
三	一八五六	講孟余話（吉田松陰）刊 回天詩史（藤田東湖）刊	蕃書調所開設
四	一八五七	七偏人（梅亭金鵞）刊 ひとりごち（大隈言道）成 鼠小紋東君新形（黙阿弥）初演 網模様燈籠菊桐（黙阿弥）初演	
五	一八五八	安政箇労痢流行記（魯文編）成	安政の大獄始まる
六	一八五九	柳橋新誌（成島柳北）初編 真景累ヶ淵（三遊亭円朝）成 小袖曾我薊色縫（黙阿弥）初演	
万延 元	一八六〇	滑稽富士詣（魯文）刊 三人吉三廓初買（黙阿弥）初演	桜田門外の変
文久 元	一八六一	万国人物図絵（魯文）刊 童絵解万国噺（魯文）刊	
二	一八六二	青砥稿花紅彩画（黙阿弥）初演 勧善懲悪覗機関（黙阿弥）初演	生麦事件・和宮降嫁
三	一八六三	草径集（言道）成	薩英戦争

慶応元	一八六五	閑聖漫録（会沢正志斎）刊 観月小稿（大沼枕山）刊 国史百詠（大槻磐渓）刊	
二	一八六六	西洋事情（福沢諭吉）初編刊	
三	一八六七	蝦夷年代記（松浦武四郎）成 調鶴集（井上文雄）刊 正志斎稽古雑録（正志斎）刊	大政奉還

（北島剛樹・田中仁　作成）

［本書の味わい方・巻一・巻五・巻十一］
鈴木健一（すずき・けんいち）
［巻二］
金田房子（かなた・ふさこ）
［巻三］
森澤多美子（もりさわ・たみこ）
［巻四］
鈴木秀一（すずき・ひでかず）
［巻六］
谷　佳憲（たに・よしのり）
［巻七］
田代一葉（たしろ・かづは）
［巻八］
牧野悟資（まきの・さとし）
［巻九］
壬生里巳（みぶ・さとみ）
［巻十］
杉下元明（すぎした・もとあき）
［巻十二］
藤川雅恵（ふじかわ・まさえ）
［巻十三］
三浦一朗（みうら・いちろう）
［巻十四］
藤澤　茜（ふじさわ・あかね）
［巻十五］
湯浅佳子（ゆあさ・よしこ）
［巻十六］
檜山純一（ひやま・じゅんいち）
［巻十七］
水谷隆之（みずたに・たかゆき）
［巻十八］
吉丸雄哉（よしまる・かつや）
［巻十九］
宮本祐規子（みやもと・ゆきこ）
［巻二十］
津田眞弓（つだ・まゆみ）
［年表］
北島剛樹（きたじま・たけき）
田中　仁（たなか・ひとし）
［編集協力］
石山智子（いしやま・ともこ）

編者略歴

鈴木　健一（すずき・けんいち）

一九六〇年東京生まれ。一九八八年東京大学大学院博士課程修了。現在、学習院大学文学部教授。

【専　門】日本古典文学、詩歌史、江戸時代の文学。

【著　書】『近世堂上歌壇の研究』（汲古書院　一九九六）、『江戸詩歌の空間』（森話社　一九九八）、『林羅山年譜稿』（ぺりかん社　一九九九）、『伊勢物語の江戸』（森話社　二〇〇一）、『後水尾院御集』（明治書院　二〇〇三）、『江戸詩歌史の構想』（岩波書店　二〇〇四）、『古典詩歌入門』（岩波書店　二〇〇七）、『知ってる古文の知らない魅力』（講談社現代新書　二〇〇六）、『近世堂上歌壇の研究　増訂版』（汲古書院　二〇〇九）、『風流　江戸の蕎麦　食う、描く、詠む』（中公新書　二〇一〇）、『江戸古典学の論』（汲古書院　二〇一一）など。

【編　著】『源氏物語の変奏曲――江戸の調べ』（三弥井書店　二〇〇三）、『義経伝説――判官びいき集大成』（小学館　二〇〇五）、『江戸の「知」　近世注釈の世界』（森話社　二〇一〇）、『鳥獣虫魚の文学史―日本古典の自然観』1～3（三弥井書店）など。

【共編著】『玩鷗先生詠物百首注解』（太平書屋　一九九一）、『百人一首注釈書叢刊 10』（和泉書院　一九九五）、『江戸名所図会』（ちくま学芸文庫　一九九六～九七）、『【うた】をよむ――三十一字の詩学』（三省堂　一九九七）、『日本文学史』（おうふう　一九九七）、『都名所図会』（ちくま学芸文庫　一九九九）、『批評集成源氏物語』（ゆまに書房　一九九九）、『和歌をひらく』（岩波書店　二〇〇五～〇六）、『日本の古典――江戸文学編』（放送大学教育振興会　二〇〇六）、『布留散東・はちすの露・草径集・志濃夫廼舎歌集』和歌文学大系74（明治書院　二〇〇七）、『室町和歌への招待』（笠間書院　二〇〇七）、『おくのほそ道』三弥井古典文庫（三弥井書店　二〇〇七）、『海外見聞集』新日本古典文学大系明治編（岩波書店　二〇〇九）、『和歌史を学ぶ人のために』（世界思想社　二〇一一）、『天皇と芸能』天皇の歴史10（講談社　二〇一一）など

江戸《えど》の詩歌《しいか》と小説《しょうせつ》を知《し》る本《ほん》

平成一八（二〇〇六）年三月二十五日　初版第一刷発行

平成二四（二〇一二）年三月二十五日　初版第二刷発行

◎編　者／鈴木健一

◎発行者／池田つや子

◎発行所／有限会社　笠間書院

〒一〇一－〇〇六四　東京都千代田区猿楽町二－二－三

電話　〇三－三二九五－一三三一　ｆａｘ　〇三－三二九四－〇九九六

◎装幀／笠間書院装幀室

◎本文デザイン／A&Dスタジオ

◎印刷・製本／モリモト印刷

NDC分類：911.11　ISBN4-305-70314-9

＊落丁・乱丁本はお取りかえいたします。＊出版目録は上記住所までご請求下さい。

e-mail : info@kasamashoin.co.jp